匡冲诗篇

陈果儿 著

陕西新华出版

太白文艺出版社·西安

图书在版编目（CIP）数据

匡冲诗篇 / 陈果儿著. -- 西安：太白文艺出版社，
2025. 1. -- ISBN 978-7-5513-2838-8

Ⅰ. I227

中国国家版本馆CIP数据核字第2024SE2875号

匡冲诗篇
KUANGCHONG SHIPIAN

作　　者	陈果儿
责任编辑	何音旋　蒋成龙　王浩伟
封面设计	白　茶
版式设计	建明文化
出版发行	太白文艺出版社
经　　销	新华书店
印　　刷	三河市华东印刷有限公司
开　　本	880mm×1230mm　1/32
字　　数	100 千字
印　　张	7.875
版　　次	2025 年 1 月第 1 版
印　　次	2025 年 1 月第 1 次印刷
书　　号	ISBN 978-7-5513-2838-8
定　　价	58.00 元

　　陈果儿，原名陈具慧，安徽六安人。中国诗歌学会会员，安徽省作家协会会员。

　　作品在《诗刊》《诗歌月刊》《绿风》《诗选刊》《当代人》《牡丹》《海燕》《辽宁青年》《知音》《长江丛刊》等百余家刊物发表，并入选多种选本。

走在精神故乡的幽径中（代序）

文/飞白

　　拿到这本诗集样稿的时候，正值江南的深秋，傍晚的黄昏中，我看到夕阳带着一种盛大且浓重的悲凉，向大地上栖居的万千物种投来宏阔的内心照拂。我正翻到《匡冲诗篇》中的第一首，"岁月的刀斧/未能砍倒房顶上的炊烟/一棵苦楝树陷进深深的回忆里……"，诗人似乎写出了时空场景置换后，我在那一刻感受到的同样心境——对于故乡，这个不同于世界任何其他地方的地理存在，与诗性的原乡，长久地保持着秘而不宣的深情厚谊。陈果儿我素未谋面，但她通过诗歌，为我和更多读者营造了她心底那个充满记忆色彩和精神气质的美好画面。

　　整部诗集分为五个部分，以"犁头闪着饥饿的光"开始，"走散的细雪"再到"旋转木马""孤独的邮筒"，最后指向"落叶的归宿"，我在细品这些命名的时候，忽然发现其中隐含着奇巧的逻辑关联。我发现她的起始篇目是从某种倒叙开始的，是一种惊回首的反观和凝视，时常吐露生命的况味和一点淡淡的怅惘。"我常常在屋前的空地上眺望/秋风如索命的利刃/……我的祖母躺在高处/依旧有生前的安静和慈祥",这种带着"死亡"气息的叙述语调,并未带来过多的阴郁和萧索,相反,我在她宁静中和的书写语境中,读出了对故乡的造物主一般的仁慈与厚爱,她自己也写道"当时,我们没有/太多的悲伤"。诗人用这种隐忍节制的文学处理手法,给了诗歌一种内向生长的张力与遒劲,但我更愿意相信的是她真实的情感在句子中表现出来的那种随遇而安的妥帖,让人对故乡,对时间轴回溯的观望,变得那么柔软,那么治愈。我想,这也是乡愁这种情感力量,携带的与生俱来的本能。陈果儿是一位会用中国传统气质书写新乡愁色调的现代诗人,你在她的文本中基本上看不到很明显的"翻译腔",或者是那种很"西化"的处理方式,甚至她就是在跟你面对面讲述一种生命抵达一定困境之后的释然与超脱。对,我想到两个词,苦难和放下。她的诗歌中深嵌了我们最普通的老百姓、各种日常生活经验和情感价值取向,这些司空见惯,也常被视若无睹,但诗人就是能够化凡常为神奇,把那些老旧、陈腐、落寞以及荒芜,展现出另一个侧面,那便是醇厚、香浓、亲切和新生。如"寒露来临,大雁向南方展开翅膀""大雁在空中鸣叫/排着队形,为天空留下好看的空白""韭菜和芜荽属于同类,它们并育而不相害"。这种句子到处散落,如星光,照亮黑夜的深重。

诗人写故乡，那些旧人、景物、往事、心绪都清晰地摆在面前，这是她儿时记忆的文学再现，也是她精神色调的诗质重构。我们长大，离开故乡去到异乡谋生、过日子，其实内里都还是故乡打上的烙印，只是更多时候我们不太留心这些更为隐秘的巨大能量，在某个契机来临时分，它们就会朝着你蜂拥而至。我想说的是，海德格尔讲过一句箴言：诗人的天职是返乡。没错，在这一点上，几乎所有诗人，所有心怀悲悯和良善的诗人，都会自觉或不自觉地用诗作去践行这个天然赋予的职责。在陈果儿的乡愁诗歌中，还有一个明显的特质就是赎罪感，这里指的并非现实生活中的罪责原谅，而是指代一种人与人、人与自然，自然与自然之间的关系的重新定义和新秩序的确认。比如，《父亲原谅了那年的冬天》。固然对于个人而言，其中的具体事件也许并不是那么关键和重要了，但那一刻连同到了若干年后的现在，对于诗人眼中的父亲，所表现出来的解脱和放下，才是真正令人深感宽慰和释然的。诗歌写到这里，我想已经不是文艺层面的呈现物了，更像是作为一种社会学、心理学甚至是更高层面的涉及性灵之类的考究和探幽，诗的内涵与外延被大大拓展，其隐含的肌理与阅读的褶皱时常触动到更多受众。

诗人笔下的诗性匡冲，以诗集的形式集结出现在读者面前，是对这个地方一次最独绝的精神面貌的展示和时空构建。当我向编辑了解相关诗集相关情况时，把这个"匡"字理所当然地念错了，凡事想当然，免不了闹点笑话——但我始终对这个从未知晓的"故乡"抱有最恳切的敬意。作者写物象，有着清风徐来的气息和节奏，情感的表达非常及物，很少有高蹈虚空的幻象，多的皆为原物呈现，只是多了时间的藤蔓和精神的气息。我在想，究竟是匡冲给了诗人如此丰沛的给养，还是诗人的艺术创作重塑了一个别样的"故乡"，或是两者兼而有之？就像她写的"春天里所有的事物/都在生长……慈祥地，照着母亲/也照耀着我们"，当我们读到这些句子的时候，不由得会联想到自己的故乡，自己在时间那端的那个曾经的自己，或者更多难以名状的情愫，它们都在你阅读的时候，悉数到来。

乡愁是中国文学作品中的一个重要母题，它由空间维度和时间维度交织而成，在其中表现为一种对故土家园的深深眷恋之情，以血缘亲情为基础，形成了乡愁书写者们共同的精神家园。诗人在这部集子里，重点抒发的除了亲情为基调的这种情怀，更为丰富新颖的是展现了某种新乡愁的诗歌书写范式，是一种和故乡保持一定距离之后的内心审视与命运审察，读者可以借此打通自己和故乡那根神秘联系纽带的可能性。其实，我们面对的每一天，都在面临"返乡"，但很可惜，很多已经返乡和正在返乡者，并不一定能够意识到这伟大而光明的使命究竟意义何在？它指向诗人自身意义，指向现代性变革之后的社会生活，凡此种种都为新乡愁诗的走向开启了某扇曦微的天窗。从这个视角来看这部诗集，似乎有了更多欣喜的味道。

对于作者，我内心似乎还抱有更多期待，在尝试此类创作主题之后，该转向何方，如何转？借助什么样的一种契机完成转向？用异乡生活的气质和精神写出与乡愁诗同样调性的诗作，算不算得上是一种反向的创作路径，当然，我只是假设，诗人必然有她自我完善提升甚至更美丽蝶变的一切可能性。当我们一同走在精神故乡的幽径中，放松、悦然、沉静、无我，诗其实根本不用去创作和书写，这种状态本身已经完成了诗的自我诞生、自我养育、自我确证。

一点浅显的阅读体会，挂一漏万，作为诗序，也蒙作者信任，留存于此，共勉之。

目 录

第二辑

• 走散的细雪

3

犁头闪着饥饿的光

故乡的河流日渐清瘦。两岸收紧，
替它说话的流水，
隐藏着漩涡。燕子，去了
又归。衔着春风，翅膀下的闪电，
击中故乡的屋檐。

乡愁是一首不老的诗

故乡的河流日渐清瘦。两岸收紧，
替它说话的流水，
隐藏着漩涡。燕子，去了
又归。衔着春风，翅膀下的闪电，
击中故乡的屋檐。岁月的刀斧，
没有砍倒房顶上的炊烟。
一棵苦楝树陷进深深的回忆里……
童年的小鹅花沿着牛蹄印，
可以找到失传的星空图。

西边的山坡，又添两座新坟。
旁边的落叶如潮水般退去——
落日是送走的乡亲，
当暮霭慢慢升起，托起群星，
当泉水和山谷开始收集鸟鸣，
村庄越来越老，乡愁，
越来越清晰——多像离去的父亲，

隐入群山之中，

隔着时空，叫着我的小名。

匡冲的雪

初冬的夜晚，我们围着火炉说话

夜色下的匡冲

像一帧滚动着的默声电影。

雪就要落下来了

加重的夜色有风无力托举的轻。

我们说起从前，说起饥荒的年月

几个趁夜色回家的匡冲人

倒在就要进村的路口。

母亲的声音越来越低

几缕白发在火光中跳动

像缠绕她一生的藤蔓。

我挪动身体，依偎着母亲。

雪有时冰冷

也有时满心慈悲，

那年的雪落在那几个人身上

帮他们堆起，几座洁白的坟茔。

看云

母亲年轻的时候

喜欢看地里的玉米

田里的稻穗，

偶尔也埋怨疯长的野草

混迹禾苗里的稗子。

现在的母亲整天坐在门口

看行人稀少的小路，

目光跟随着每一辆车

每一个行人。

延绵不断的山坡

总是遮挡了视线——

有时，母亲也看桂花树

看山、看山顶，看天空

"你看，那朵云！"

我顺着母亲手指的方向

依稀出现了父亲的背影。

记号

父亲习惯在日历上做记号
重要的日子都提前折叠一下。
皱巴巴的日历，像父亲脸上的皱纹
不能舒展。日历背靠在墙上，
发出生铁的味道，剥落的红色
血点一样飘落。日历越来越厚，
日子越过越薄，季节在父亲的手中滑落，
布谷鸟鸣叫，折叠的谷雨冒出新芽，
寒露来临，大雁向南方展开翅膀。
那年冬月初三，父亲停留在 77 岁，
他没有亲手将日历做出记号——
从此，这个重要的日子，被我
一次一次在心里折叠，每折叠一次，
松针就会落下一些，金樱子
也开始由青泛红。

犁头闪着饥饿的光

杨树梢头接住从山坡上
返回的东风，
父亲坐在石磙上
使劲地掐灭手中的烟蒂。
一束阳光打进老屋，照在
靠墙根的犁头和铁耙上，
暗红色的锈迹和灰尘
闪着饥饿的光。

闲了一冬的老牛吃着枯草
反复咀嚼的嘴边挂满白色泡沫。
父亲牵着它去河里饮水
他们的影子在水里重叠。
那时，大雁在空中鸣叫
排着队形，为天空留下好看的空白。

茶的诉说

再快的流水，也改变不了

河床的丰盈——

一朵浪花是一块开口说话的石头。

当春天说起过去，当满山的茶叶

让匡冲的坡岗——

有了沁人的凉意。

我的祖母是另一片

待焙的茶叶，父亲把她寄居在后山的女贞树下。

那年春暖，漫山的茶叶顶着

鲜嫩的水滴。

祖母在一个午后摔倒，弥留之际

让我去喊父亲，她有话要说

后来，当父亲赶来

我的祖母已永远地睡去。

我们都无从知道祖母最后想说些什么？

当秋风渐起——

茶树上老去的叶片依然翠绿。

多年来，一壶岁月温热的苦水

泡着祖母的遗言，

至今，我们都未能看见

它舒展开的样子。

老屋

老屋站在记忆里，

矮小，破旧——

像一块多余的补丁。玉米排着队，

遮掩着墙壁的疤痕。

南风吹进来——

灰尘朝屋内又迈进几步。

一只蜘蛛在修补破损的网，

等待，飞蛾的翅膀——

发黄的时光机倒转着，

在溢满月光的老屋内，母亲

剥玉米、纳鞋底、

偶尔清唱几句黄梅戏……

一朵菜花别在她的发梢。

我们围绕着母亲，

听她讲故事、说从前——

看萤火虫提着小灯笼到处飞，

笑声、哭声占满露水和虫鸣。

母亲的梦不醒，老屋就还没坍塌，
梦醒了，老屋就变成了废墟。

父亲的酒壶

酒壶新的时候
被父亲放在炭火上烤，
壶里盛放着糖水和劣质酒，
一个瓦器，对这种又辣又甜的味道
没有太多的感受。不像我的父亲
把喝酒当成苦难，满眼泪花。

父亲的朋友们酒后才艺过人，
他们唱黄梅调，爬树，哭闹不止，
数落着日子。这样的时候
酒壶默不作声，肚子里的酸甜苦辣
在炭火上翻滚。

酒壶旧了，父亲老了，
酒壶和药又一起陪伴父亲
酒壶里盛放着糖水和药，
酒壶完成对父亲的最后一次照应后，
和父亲一起去了远方。

入冬札记

冬日的早晨，阳光缓慢地

爬上窗台——

两只斑鸠低声鸣叫着

将我从梦中唤醒。

这个窗台安放过它们的童年

现在它们都有了试翼的天空。

光线透过樟树的枝叶

抚摸它们。在斑驳的光晕中

它们正在辨认着自身。

我从城市回到匡冲

车子在小路上蜿蜒，山边树木一一闪过。

生病多年的母亲，已经离开匡冲

在城里靠回忆续命。

打开家门，老屋和我互相打量

灰尘替母亲招呼我们。

门前的桂花树和石磙，还在
陪伴日渐衰老的村庄，
河水清凉，此刻的伤感胜过从前。
在暮色消失之前，我低下头
再次向落日心怀感恩。

我和春天互为诗句

母亲告诉我，我出生的那天

小鹅花全都开了。四月的匡冲，

太阳明亮，春风手持火把

将满山的羊奶果子点燃，照亮山谷。

在那个春天的午后，我的第一声啼哭

被庞大的春天淹没。我是母亲

创造的一个动词，和春天一起互为诗句。

从此，我生命中的山水，藏着日月星宿，

流动的溪水弹奏着更知鸟的鸣叫，

鹭鸶站在河边，不停地辨认自己的倒影。

它们都是春天的精灵，青山、溪水可以做证。

母亲喂养我，也养育麦苗、蜜蜂。

清晨，和炊烟一起升腾，

傍晚，和落日一起回家。

有时，我也是个肇事者，

吞下过一枚蛇蛋果，制造恐慌！

也带着秃舌的乡音，把匡冲和母亲

放在词语的秩序里进行分行。

母亲则用土地为纸，种出分行的庄稼，

丰富的菜园。她知道白萝卜和胡萝卜不是近亲，

韭菜和芫荽属于同类，它们并育而不相害。

回乡记

冬日里的田野有些寂静。
落日斜靠在山头，它的
光线和炊烟纠缠在一起，
没有立即散去。

荻花的头颅
被风一次一次摁倒
又一次一次地弯腰起身。
暮色是一道就要掩上的门，
现在，它围住了我们。

我和妹妹同时握住母亲的手，
唱一首歌取暖。
当时，河里的冰
断裂的声音、
和清脆的鸟鸣声都高过了我们。

秋风辞

鹭鸶停留在围栏上，收紧翅膀
秋风似一把锋利的刀子，
清理红蓼枝蔓。

母亲仿佛又回到年轻时
唱着小戏，秋阳为她披上霞光。
而父亲坐在暮色里
打量本无睡意的村庄。

悬铃木的每一圈年轮
都是一个隐喻。
白露撑起的帐篷，罩住故乡的屋顶。

金蝉花

秋风殷勤，天空
蓝的深邃。几只飞鸟
留下一串省略号——

在故乡，房屋越来越稀少，
树木葱郁。田间除草的老翁
脑梗偏瘫的母亲，生锈的犁头
都已弯下了腰。

萧瑟的景象正在扩展。坟茔的周围
枯草渐瘦，隆出
些许孤独。金蝉花钻出地面
安慰了空旷的村。

雪中听鸟

晃动树叶的不是只有风，

还有黑冬鸟。它们湿漉漉的叫声

从这个树梢传到另一棵树梢，

像跳动的火苗。一些雪白的词语

预言一样落在樟树桩上，

遮盖着新添的伤疤。

我站在阳台上，看见一片细小的雪花

轻盈地落在玻璃窗上，

我用手掌贴近它，瞬间

一滴泪痕向四周散开。

寒风尖叫，起伏着冰冷的潮汐

没有人读懂腊梅，

替它传递春天的讯息——

我听懂了黑冬鸟，在白色的世界里，

它的鸣叫像黑色幽默

——突出、清澈。

父亲原谅了那年的深冬

一生中
父亲曾原谅
偷走蜜蜂和家里唯一座钟的人。
也原谅了自己
荒芜的一生。

那年深冬，父亲原谅了
整个世界。
当落日回头凝望的一瞬间，
父亲的眼泪流下来，
他动了动嘴唇
把想说的话，种进深厚的泥土里。

新雪落在旧雪上

新雪落在旧雪上

加重的白像是一层更深的虚无。

雪的一生都在掩盖，

落在匡冲的雪一层层地

掩盖了我的童年和青春

掩盖了我的父亲和其他亲人。

我的母亲住在父亲造的新屋内

雪落满了屋顶——

腊月里我们回乡

远远地看到飞舞的雪花中，

母亲站在门口

花白的头发，雪一样

像个虚词。

深夜，一些事物和我一起醒着

夜深了，月牙落下天幕

黑暗包围过来——

蛐蛐的叫声填满夜的空隙。

远处突然的几声鸟鸣

像是谁在呓语。

西风吹来的时候，夜更加寒凉起来。

那些在白天死去的人

在夜晚又开始复活。

时间像月光一样覆盖着我，面对黑夜

我交出自己的魂魄，

天空也在交出黯然的目光。与我对视着的

栾树的果子，彩霞一样铺在树冠。

几朵野蔷薇犹豫着醒来

噙着露珠，举起尘世间细小的悲欢。

一株倒伏的植物——

用一生的倾斜，纠正自己。

我无法心安理得享受

黑夜的宁静。我看见那么多拥挤的悲伤

被秋风一吹，蒲公英一样落满

我母亲的头顶。

三妹

三妹是和月亮一起升起来的。

白天，她总是把自己关进屋里，

躲避光和一切刺眼的东西。

四月的匡冲，苦楝树的花刚刚开放，

三妹喜欢在夜晚，静静地等在树下。

淡紫色的苦楝花把细碎的花瓣，

月光一样洒满三妹的衣襟。

三妹是和苦楝树一起开花的，

当暮春的繁花都已落尽，

患抑郁症的三妹

举着手中的经书。

越来越暖的风吹着她的头发，

像背叛，更像一种早慧的觉醒！

风不是知情者

春风与我结伴，梨花雪白，
柳树垂下鲜嫩的春意。
阳光柔软，扑进草木怀里，
一朵白云伏在树顶的喜鹊窝上，
用枯枝，一点点掩埋着自己。
风不是知情者，让这些缓慢的事物
遮掩我们内心的荒凉。

一些词语回到笔尖，总有一些
温暖的事物，开始包围我们。
当我们慵懒地打开内心，
春天已漫过溧河岸边。
两个孩童，光着脚丫在苜蓿草里追逐，
蝴蝶跟在身后，学着孩子们扇动翅膀。
她们看见，一片叶子落在水中，
驮着斑斓的童年在轻轻移动。

有一朵云，懒散得不像一朵云

见到我的时候

母亲用能动的右手，

拉着我的手放在她的嘴唇上，

亲了又亲。这是我记事起

第一次被这样宠爱。

母亲脸上泛起娇羞，

那目光不像我的母亲，

倒像是此刻的天空，有一朵云

懒散得不像一朵云。

在匡冲的土地上，劳作了

一辈子的母亲，因为脑梗

舍弃了故乡的山山水水。

城里的日子，平直得像一根长线，

母亲轻轻地捻动着——

对匡冲的思念。在线的那头

一针一针地缝，可是

母亲啊！你的针脚那么密，

怎么还是漏着秋天越来越冷的风？

暮晚

暮色将村庄围拢起来，

我挨着草木坐下，看

屋顶上的炊烟缓慢慵懒

倒伏着弥漫开来——

晚风越过山坡，追赶着

太阳下山时，留给天边的一抹金色弧线。

缓缓而行的流水和清脆的鸟鸣，

让村庄安静下来。此时

母亲的呼喊声模糊地贴近我，

炊烟便将暮色轻易折起，小心地

回应母亲。四围的野草不断地向谁招手，

当最后一缕光线回头凝望我时，

整个星空，便朝我覆盖了过来。

中秋的月饼

露珠是圆的

一颗大的露珠跳跃

会散成无数个小露珠。

眼泪也是圆的

只要滑出眼眶

就会在秋天，砸出一个个漩涡。

月饼也是的

样子有些老

像你打出的响指不再清脆。

今年中秋，当我想起父亲

我的月饼就不再圆满

仿佛被天堂里的父亲

轻轻地咬掉了一口。

清明回乡

匡冲村庄里的人已经稀少。
野草繁茂，许多老屋的门前被蒿草占领。
屋檐下，燕子、野蜂都成了新的成员
林间的鸟鸣愈加欢快、清脆。

我和姐姐小心地走过
堆放杂物的老屋。存放母亲棺木的屋顶
被狂风掀翻，空荡的屋顶漏下雨水
也漏下鸟雀们，它们为此乐园，
在棺木上安家筑巢。

清明之日，细雨落下，
淋湿了冥币的缕缕青烟，
拔节的竹笋顷刻间高出了墓碑，
碑文格外安静，倾听细雨默诵。
一阵爆竹声打破寂静的山谷，
悲伤收起了翅膀，任由雨水在脸颊流淌。

倒春寒

春天要来没来时

鸟鸣浓稠起来，

我在父亲的坟前坐下，看

太阳的光线穿过树枝，

跳动着斑斓的颜色。我伸出手

一束蓝色的光在我的掌心

呆了一会，此时父亲已起身

追逐着那束光而去——

他没有看见我的到来，风也没有

清理坟前的落叶和枯草。

碑文上斑驳的苔藓

为父亲送去一丝温暖。

他腿上旧的暗疾还没痊愈，

在这初春的阴冷里

新的暗疾又已生成。

清明

1

祖母生前怕冷

在她安葬的前一天，
突然一场大火，烧热了朝阳的山坡。

清明的前两天，父亲拖着老寒腿
带上蘸着月光磨过的镰刀，
把通往后山路上的霸王草，
糖刺果和忍冬藤，
挨个除去——

纸花在祖母坟头飘起，
父亲跪在坟前的时候，
天空暗下来，云一低再低。
四周的枯草无力托起

父亲的叹息声，

他缓慢的语速抵不过流淌的雨水。

女贞树叶哗哗作响，

苍耳伸出千万只渴望的手

拽住父亲的裤管，那时

一片白云，无声地落在父亲的头顶。

2

岗坡上一座孤坟

未有人认领，

野草没过坟头

旁边的那棵歪脖子松树

艰难地挺立着。松针上的雨水

滴落在地上，碎了、

无法拾起……

这位没有墓碑的人

生前没有人记起，死后
又被人遗忘一次。

3

清明，由于疫情
不能回去看望父亲，
枯草簇拥着坟头
像是谁的拥抱——
大姐在山脚下带去崭新的泥土
爆竹，纸钱和纸花。
一缕青烟扑向坟头
没有挡住父亲的咳嗽。
安眠在这里的人
不应该还带着旧疾
让来上坟的亲人再伤心一次。

细雨是最好的悼词

微风小心地默诵着。一只青鸟

从两棵松树之间飞离而去，

在墓碑上投下的阴影

一片虚无。

大寒

寒冷的冬夜，院子里盛满了
——冷冷的月光。
父亲在火塘旁久久地坐着，
背对着的时间里，往事
慢慢模糊，在看不见的地方，
有些雪开始融化。
没有谁不是过客，
父亲缓缓地站起身体，
微弱的炭火跳动着——
父亲脸庞上的光茫，
温暖了我们后来的
许多个冬天。

恩典

阳光透过香樟树的枝叶

照在阳台上，

我们坐在温和的阳光里，

看酢浆草爆裂的种子

怎样穿过细小的纱窗。

一只灰喜鹊落在栏杆上的

一块腊肉上——

小小的眼里泛着饥饿的光。

我轻轻地举起手机

想拍下它，又怕它

当我举起的是枪。

小寒

鞭炮声在远处响起

空气中满是焦糊的味道。

一群头顶白云的人

正送走他们的亲人。

我远远地看着——

暗暗揣测死亡离我的距离。

旧日历还挂在老墙上，

风吹着那未及撕去的几页，

像火苗，也像旗帜。

是季节就总会有轮回，

一枚岁月的果实

在今天的枝头，闪闪地

像暗夜里的星星。

大雪

一场大雪正在靠近，
我听见北风欢唱的声音。
香樟树的果子落下来，
紫色的，用脚踩上去
轻脆的声响犹如神启。

冬天很深了
母亲又摔了一跤。
疼痛中的母亲，用手拍打着空气。
雪落下来——
穿过母亲张开的手指。

如果要堆一个雪人，
我愿意堆成我自己的样子。
缓缓地，用一生的融化
偿还母亲给我的爱意。

十二月

那个面对窗外发呆的少年，

应该有小小的心事。

黄昏是一句叹息，

十二月也是！

我知道那个少年，

那个刚好有一缕夕阳的光线

打在身上的少年。

他的父母离开家乡已经一年了，

那个被父母

带走了阳光的少年，现在

被阳光刻在了窗前。

不是每一场轮回的结尾

都是告别——

窗外，风鼓动起女贞的掌声。

每一棵树荫下都有鸟鸣，

每一间等待的屋顶；

在十二月

都会有冒雪归来的亲人。

这十年

我时常坐在黄昏里，
享受一天光芒的沉沦。
看太阳挤在天空和山的交界处
随时被群山吞没。
时光不紧不慢地流淌……

总有一些往事刻骨铭心，
像浮萍走过的水痕。
记得，父亲走的那晚我没有哭，
我握住他冰冷的手。
这次父亲没有拒绝，也没有回应。
时间在这一刻倾斜！
夜空留下满天星辰，
让那些还没有还乡的人，
在午夜的梦里依旧有熟悉的乡音。

十年，仿佛就是一瞬。

我看见一截泥坯，

现在也有了瓷的模样。

走 散 的 细 雪

父亲走的那天夜晚
特别寒冷，黝黑的天空
镶嵌着密密麻麻的星星。
我看见有一颗星星滑落，
拖着长长的光线——

走散的细雪

父亲走的那天夜晚
特别寒冷，黝黑的天空
镶嵌着密密麻麻的星星。
我看见有一颗星星滑落，
拖着长长的光线——

我不知道那是不是
穿着中山装，
拿着破旧手电筒的父亲，
昏暗的光
照亮修路架桥的乡亲。

我看见满山的枯草、
菊花、树上的柿子，
都覆盖着一层白霜。
那是人间走散的细雪
那一晚，落在我的睫毛上
至今都不肯散去。

我常常眺望深秋的山岗

东西走向的匡冲——

深秋的时候，阳光早早地

洒在南面的山坡上。

我常常在屋前的空地上眺望，

秋风如索命的利刀

沿着山岗，落叶是正在退去的潮水。

我的祖母躺在高处

依旧有生前的安静和慈祥。

再往下看，多年以后的冬天

我们把父亲也埋葬在那里。

像把初生的婴儿递给他的母亲，

当时，我们没有

太多的悲伤。

梦里的秋千

一年中，最冷的拐弯处，

满地枯草覆盖着一点点绿意。

阳光若是照在河面上，

冰会开出一朵朵晶莹的花朵。

这样的时候，她听见梦里

自己荡在秋千上的笑声。

梦里没有寒冷，

她短暂的一生，一直

在结一根绳子。

春天迟迟没来，她

把绳子挂在扶梯上，

小年的夜晚，她

没有再等。

立冬

从今天开始
我就期盼一场漫天大雪，
以素心，以草木空举的枝丫。
我时常按住回忆
按住童年的寒冷和贫穷。

在冬日的某一个下午
母亲卖掉两根长辫子，
为我缝制一件碎花棉袄。
雪在空中凝聚了很久，
很久……也没有落下。

冬日里，总有一场白色盛宴，
在天空和大地之间举行。
白色的花朵落在母亲的头顶
我要用赞美使其融化，
不让它过于接近
另一场白。

新年辞

夜饮归来，天空依然亮着

旧年的星星。

再等几个小时，朋友们的祝福

才能生效，比如新年快乐

比如新年过后，

依旧有无限绵长的日子。

街道车水马龙，我顺手捡起的气球

跳动着谁的不安？

灯光拉长的夜晚，

沉默一样冰冷。

新年快乐，新年快乐……

孤单的人说出的祝福，总会在

一个无人的角落结出美丽的冰花。

如果明天你恰巧看见，

你能否把它复原成，

未被说出口时的样子。

岁月替我轻描淡写

我们沿着溳河向东行走，
一些风已经提前抵达。
沿途的蜻蜓都拥有一双
透明的翅膀。
一只白鹭越过树梢时
我知道，那么多秋天的果实
正等待秋风的认领。

一曲《梅花泪》——
顺着清亮的溳河水缓缓地
将蓝色的天空推的更远。
而那些，我放不下的人和事
岁月都已替我轻描淡写，就像
残缺的诗句伏在纸上，
虚掩着自己的光。

生日有感

清晨，鸟鸣声在樟树枝上跳动，

我打开阳台纱窗，阳光递送过来的祝福

围着我打转。东风一吹，

一些樟树叶子欢快地落下

在操场相互追逐，奔跑，

像一团团移动的火苗。这样的时候

适合赞美，没有修饰的天空，

蓝的一往情深——

我的母亲不记得那是她痛苦的一天。

谈起往事，脸上爬满幸福的皱纹，

漏风的唇齿，吐出时断时续的话语：

你出生那天，天晴的真好，

满山的茶叶鲜嫩，小鹅花开满山坡，

村干部在我家里开会，你的小名尤其得来。

你落地时，太阳离牛牯尖山头还有一竹竿高。

正是茶春时节，每个人都忙的团团转，

只能把你放在床上，把麻秸墙扒一个豁口，

让光照进来——

你就看着那一点亮光，不哭不闹。

——这些话语母亲一遍一遍地说，

我一遍一遍听。她每说一次

似乎又把我重生一回。

春天的夜晚

远处几声犬吠叫醒沉睡的星星，
夜色在碾过小路的车声里加重。
我还在灯下等候一些词语，
从我的胸口跳出——
月亮从高处的楼顶露出明亮的脸，
指引着下班回家的人们。
《贝尔加湖畔》在月色里游走，
一扇有灯光的窗口，催促回家的脚步，
就像安加拉等待叶尼塞，风替他们送信。
几百条涌入贝加尔湖的小溪中，深情溢出
安加拉的渡口，在拦阻的巨石上刻下
——永生的幸福。

秋天，不能再深了

秋天，不能再深了，
散落的蒲公英
开始白了中年人的头顶。

发生在秋天的故事，像枫叶
开始泛红。看那一只白鹭
想越过拥挤的车辆，去丛林寻找
那一只为它鸣叫的秋蝉，
并与它的生死达成某种契合。

秋天，不能再深了，
那个被枯草掩埋的人
像突然失去拥抱。
一切的事物已经与他无关，
他的遗言醒目地挂在老柿树上
成为一种标志。

秋天，不能再深了，

西风吹散的雁阵

已经飞过荒凉。至暗时刻

所有的光，被一种微寒替代。

游黄鹤楼

七月的雨

淋湿大剧院的灯光。

女贞树和紫薇花

在督都府门前相迎。风雨里

我和所有草木一样：叶脉清晰

心跳葱郁——

黄鹤楼下

我变的越来越小，越来越小

群峰和大地站立起来

支起绿色的帐篷。

水从天上来

到黄鹤楼前变得柔软。

心中的锦绣

终于脱口而出——

蛇山不语，驮起千年阁楼，

那只黄鹤又飞回

在亘古诗文里盘旋。

当黄鹤楼上的霓虹灯

喊醒天上的星星时；

照过李白、崔颢的月亮

现在，它正照着我们。

坛南湾的海边

孩子们用小手在沙滩上筑城堡。

大海正在涨潮，细碎的浪花一寸一寸

爬上沙滩，在一片惊呼中，

城堡瓦解。这种重复的快乐，

随着海浪延续——

我站在海边眺望：

深蓝色的天空，偶尔有苍鸟掠过，

划出一道黑色的裂口，又瞬间弥合。

如飞鱼跃出蓝色的海面，

大海是它们的天空。我用手围起喇叭

喊出你的名字，每喊一声

浪花都报以咸腥味的回应。一枚贝壳

随时准备和我相认。几年前，

你最后一次离开我时，

海水打湿我的裙摆，我拧出水分里的盐。

一座孤岛在海里静默。有时，

被海水吞噬，有时被浪花亲吻。

枯水塘

穿过一片樟树林，

再过一个路口，就到了

枯水塘。枯水塘已度过适应期，

雨水丰盈。春风送走旧年的疤痕，

空气变得清新，柳梢垂下丝丝春意，

在清亮的嫩绿上，伸出问候——

当暮色升起，人间安静

岸边递过来的灯光

对着跃入池塘的星星闪烁。

我随手丢下一枚石子

击碎倒映的镜像。

夜色把那些零碎的光打捞

还给路灯。这时候

细雨密密地织起惆怅，

灯光扶起母亲倾斜的身影，

想把她以后的日子摆正。

回廊亭

大门紧闭，亭内长满畸形石头，
荆棘是帮凶。每个角落
都有落叶在颤抖。苔藓爬满柳树
生出毒性。竹叶青只有六寸长
点燃复仇的火焰——
回廊亭不动声色，目睹女主人
把罂粟当成解药递给儿子。

回廊亭的大门被打开，天使携光而来，
风吟唱冤屈，雨在青石板上控诉，
雷声、闪电同时出击！那声音在
回廊亭上空盘旋——
它们各自带着方言。

邂逅

——致花瓣雨

列车飞奔——
落日在前方引领。暮色中
大片的秧苗在向后闪退，像刚见面
又离开的故人。

喜欢一座城
是因为一个人，
几只素颜的鸟，摁开灯光
为黑暗镶上金边。

你是那个自带光芒的人，
莲花正盛——
在人间，一眼千年。

天空设置深邃的背景，
星星落在汉江又跃出水面，
每一颗，都眨着亮晶晶的眼睛。

我练习着走进你，

在黑暗中，你递来光；

在拥挤的人群中，你一声呼喊，

点亮了整个季节。

恩光

春天里所有的事物
都在生长，
母亲躺在床上
气息微弱，消化缓慢
唯有意识清醒敏感。
风吹动母亲的白发，
闪烁的光灼伤我的眼睛。
我的兄弟抱起母亲——
母亲又回到了儿时
乖巧地不再喊疼。倒伏的炊烟从
回程票里升起，敞开的门缝
塞进来清脆的鸟鸣。一束光
落在我的兄弟的头顶
慈祥地，照着母亲
也照耀着我们。

赞美诗

过了今天，就不是今天了
今夜你寻找我很久
我认得你的声音。
一道栅栏阻挡着外面的风雪
接纳内心的苍白。
虚掩的木门等待有人
来轻轻地叩响。

今夜，天空无眠
一颗星星那么耀眼。
让寒冷紧握着的拳头
渐渐松开，黑暗的眉头
有了亮光——
我看见那颗星星挥了挥手
枯黄的草木动了凡心。

玄鸟

雨淋湿黑夜，也淋湿
一桩桩心事；像清晨的鸟鸣
叫醒溪水。

新写的诗句，如
梦中醒来的婴孩，在喃喃自语中
找寻隐藏的甜蜜

诺言悬挂在树梢上，摇晃着
寂寞的月影。 ——那只玄鸟
好像，没有再来。

立春

一个响指，一声口哨

春便来到身后，

春雪掩盖的真相

被风一一刮起。

一位患抑郁症的女人

大口地吞吃着辣椒——

她小时候怕辣，

现在的日子让她麻木。

解冻的河流是一管无处叙说的心事。

药和胆汁在胃里翻滚，

泪水顺着龙门河流淌，

没有一丝痕迹。

小满

雨落下来
地上湿了，一只猫
弓起身子踩着猫步，
我也学起它的样子，拎起裙角
踮起脚尖走在青砖上，
一步一步踩着雨滴。

栀子花香裹挟着小南风
迎接又送走路过它的人。
小麦正在灌浆，体内有江河在流淌，
豌豆苗吐出长长的梦想，挂在栅栏上
张望——，你来时大雨倾盆，
走时雨过天晴。

人间四月

初夏的风在山坡上的
树梢上奔跑——

小鹅花开了，白色的
紫色的，开满向阳的山坡。
油菜顶着金色花冠
将丰收的果实一一举起

白发的母亲坐在门口，
目光和蔼，像温暖的经书。
父亲早年间种植的桂花树
倾听岁月更迭——
满树金黄，自带清香。

枣树上的果子开始挂枝，
阳光下光泽鲜亮。时间
将枫香树下的故事参透：

那些贪吃过鸟蛋的人

是不是长出了翅膀？

或者变成鹭鸶

在渐渐老去的枫香树下

——盘旋，回望。

惊蛰

整个下午我都坐在阳台上
发呆，看风吹落树叶。
初春的风
又冷又硬，一阵紧似一阵。
那挂在树枝上苍老的叶子，
在做最后的挣扎。

在新的叶子没有来到之前，
我在落叶上写满你的名字。
然后一片片埋进土里，
像埋葬多年后的自己。

月牙结

时间如流水般逝去，
在这首诗后
在星星般掉落的万家灯火中，
有一盏，不再守在天宇。

十二月，水冷草枯的季节，
我们并不知道，一列夜行的火车
还有多少等待它的路程。
没有一个站台只卸载孤独，
提前下车的人，有时
只能算是我孤独的一部分。

今夜霜浓，嶙峋的夜色中
谁用一阕旧词，
将一弯残月，别上我的发髻。

站立在风里的疼痛

在我的意识里
一些旧的事物还很新，
往事不断在涌现。

那年冬天，一只小黑猪
夺走了，屠夫
准备插进大黑猪脖子里的刀子，
屠夫没有追赶
取出的另一把更锋利。

我年轻的母亲，站立在风里
那时的风很轻——
空气里的香火味和血腥味
久久地，没有融合在一起

卖刀

菜市场的路边，
一个矮小的男人坐在寒风中，
像一尊雕塑。
铁青的面孔泛着寒意，
巴掌大的小推车里，
摆放着菜刀、锅铲、漏勺。

25元一把的菜刀
我用了很多年，
刀口依然锋利。
卖刀人用刀口的寒光
刺入过雪人的心脏。
当城管到来，他又用雪人的身体，
掩盖住刀锋上瑟瑟发抖的卑微。

梅花烙

当北风吹过屋檐
雪花散落人间，
你手持一根拐杖
寻找前世丢失的一瓣心脏。
你发现，冬天盛开的梅花
死在春天的枝头，
你没有悲伤——
捡起雪地上散落的一瓣，
贴在左边的胸口。

这个冬天，你没有再来，
送给我的一朵梅花
至今还在我的手腕上，
跳动的音律——
和心脏一起彼此起伏。

平安夜

一个人在深夜归来
和几朵碎小的雪花结伴。
寒风强行拥我入怀
我掖了掖风衣，
弹掉身上的雪花
寻找一盏熟悉的灯光。

黑暗中的树枝——
像一些人无助地指着苍穹。
大雪没来得及掩盖的部分
真相一样袒露着。
平安的夜晚，雪是另一把刀子
握在天空的手里。

那些春天的落叶

东风吹来的时候，

我正穿过一片香樟树林。

风收集了许多樟树叶，

蝴蝶般吹向我。

它们都有好看的颜色，

好闻的香气。

那时，海水正在退潮

浪花一浪卷走一浪。

去年春天，我和母亲走过这里，

我走在前面，跟在身后的母亲

如一片轻盈的树叶。

今年春天，母亲如一片干枯的树叶，

躺在床上，不能行走，

她依旧随时召唤着我靠近她，

我们没有秋天的悲伤，

大地替春风收留了落叶，

春风替枝头吐出新绿。

我们的心里都蓄满赞美。

祖母

祖母的裹脚布又长又白，

祖母的脚很小，冷天里

那变形的小脚被一层一层缠裹，

像裹紧的粽子，走起路来摇晃不稳，

经常是进两步退一步。

祖母年轻的时候该有多美！

我时常回忆起暮年的她。

祖母告诉父亲

怕冷、喜欢向阳的山坡。

后来祖母长眠在

十月份还开着映山红花的后山。

有松柏，女贞陪伴着她。

清明，父亲带着我们兄弟姐妹

去祖母的坟前，除去野草

培些新土。在坟头

插一串彩色的纸花。

祖母坟墓的上方，
生长着一棵女贞树，在秋冬季节
满树的女贞子紫珍珠一样，
一串串闪着光。繁茂的枝叶，
风一吹，哗哗作响。女贞树
为祖母遮挡风寒，多像祖母庇护着
——她的儿孙。

号码牌

车管所里人山人海，
每个人都拿着号码牌，
等待广播员的叫号。

熙熙攘攘尘世间
每个人都举着生命的号码牌：
爱情的，事业的，死亡的，
等待命运的叫号。

生活从来都是现场直播，
没有彩排。未来不能测度，
人生不能重来，结局无所谓精彩。
烟花绽放的刹那，天空五彩斑斓。

逼近秋天

时间不能改变秋天的萧条，
我瘦小的母亲像一朵寂静的云。
河水开始清瘦，日子变得枯黄，
下弦月悬在窗外，泛起冷冷的光。
和我一起醒着的黑夜，把我僵硬的话语
藏在打结的舌头上，开始溃疡。
月色不再明亮，如我心里的那些补丁
一直灰暗。

生命的深处，忧伤缓慢拂过底色，
那些深情的凝视已在秋天里弯曲。
我想把这个城市的秋天寄给你，
而你正伴着秋风远走他乡。
你用手摇下的每一滴鸟鸣都那么清脆。
风往我的眼睛揉了一把沙子，之后
又替我把书翻了一页又一页。

母亲

每当夜空响起大雁的叫声，
我都会想起母亲。
匡冲的山前坡后，
桐子花又开满了枝头。
时间允许太阳升起
也允许黑夜降临。
母亲和我说起生死
几度哽咽，缓慢的语速
迟滞了匡冲上空的白云。

没有无端的因果，
母亲在泪水中忏悔，
这一生做过的善事和错事。
母亲说死后要和父亲傍棺，
两个人相互照应。
母亲把头靠在我的怀里，
脸上泛着憧憬的光晕。

喊山

大姐清早就去山上寻找，
兰花和杜鹃。山顶雾气弥漫，
竹笋才露出笋尖，晶莹的露珠
悬在叶尖上随时都会跌落。
姐姐顺着山坡寻找，受一缕幽香的牵引，
恍惚中，姐姐找不到回去的方向——

春天的山林多了一些仙气，
在延绵起伏的大山里，姐姐像一只画眉
在山林里窜来窜去，鸟叫——
山坳深处像个黑洞，姐姐奋力攀爬。
太阳还没升起，失去方向的姐姐
用微弱的信号，给母亲打去求救电话。

母亲撂下电话，站在屋前的空地上
用手围起喇叭对着后山大喊：
"大姑娘快回家，顺着我的声音往回走"，

一边高声大喊，一边用力敲打搪瓷盆。

那时，风还在赶来的路上——

炊烟托起母亲的呼喊，在空中慢慢升起。

雾霭迅速散去，群山响起声声回应。

●

第
三
辑

————

旋 转 木 马

清晨，一朵兰花噙着露珠
从簿雾中醒来——
它的身影，被松鼠衔来的光晕摇晃。
那么多的鸟鸣
从树林里传来，
婉转而又鲜嫩。

旋转木马

有时秋天的萧瑟
让我看见春日的蓬勃，
和其中的原始部分。

事物有正反两面
而不是一味向前，譬如
吃过黄连再吃当归
日子会透着一丝甜蜜。

有时回头，是留恋过去
有时，只是放下偏执。
我坐在旋转木马上
原地歌唱的旧时光
替我安慰了童年的自己。

时间向未来倾倒，在生命的刻度上
已经刻下痕迹。我看见栾树的枝头

披上红纱，稻穗弯下腰

发出金属的声响；我瘦小的母亲

陀螺一样，在田间地头

——不停地旋转。

后来的我们

你许我清晨起身
寻找草叶上露珠。
你许我捡起少年
丢失的一片月光。
我揣着你许我的春天
把那些花儿都想了一遍。

时光在走过的路口停顿一下，
风正在虚构一场心事，
雨是寂寞最后的诉说。
如果有一片叶子落下，
整个秋天都落在我们身上。

还好
我们站在这里
举起一盏灯火，
照着过去
又照着后来。

明亮的忧伤

天空还没有破晓

泛着淡青和灰紫，

清凉的味道在风中弥漫。

忧伤从车窗里跳出

明亮又直接——

苏醒的城市

变得支离破碎起来。

面对你的时候

我一无所有，离开你的时候

还是一无所有。

过去和未来把我们隔开，

没有人知道——

你曾是我，

我终会是你。

我的影子

阳光把我投射在路上，我踩着
自己的影子向西而行，
我的身影高过我，我在影子里惆怅。

中午时分，我的影子匍匐在我的脚下
被我臃肿的身躯覆盖，我们一起
笨拙地在地面上晃动。

夜晚，灯光把我的影子分裂
路灯多的地方，许多个影子
倒向不同的方向，又在黑暗的地方
重叠，合一。

每天匆匆忙忙的我，无暇顾及自己的影子
它在有光的时候显现，至暗时刻隐藏。
我往返于闹市，它就在人群中穿梭，
任由别人踩踏。一旦有光牵动

我的影子就上演一出皮影戏，

演绎一个人的生、旦、净、末、丑。

四月

清晨，一朵兰花噙着露珠
从薄雾中醒来——
它的身影，被松鼠衔来的光晕摇晃。
那么多的鸟鸣
从树林里传来，
浓稠而又鲜嫩。

没有修饰的天空
星星还在沉睡。
天边那一弯小小的月牙，
闪着银色弧线，如我的思念
开始慢慢丰盈——
风从另一个方向吹来，
越过岁月的漫长
我又重新回到母亲的怀里。

天使在人间走失

雪落下来了
很轻，流动的湖水
留不下一个脚印，
枯枝举向天空
戳不住一滴泪水。

一位年轻的母亲，
脖子上的链条像一句颂词。
没有人知道她究竟是谁？
日光之下，不能识别
天使和魔鬼同在人间。

没有人知道河水的前程

风在暗夜里启程
没有它不能抵达的地方。
被风吹落的几颗星星
在人间或明或暗。

黑暗中的村庄
细碎的银色在水塘里跳动。
一个身影藏在夜色里
她把脸埋进沙土。
用手揪着自己的头发
想扯开这缠绕一生的厄运。

没有人知道河水的前程,
干枯的河床下
雨水也在呜咽——

每一朵花都有好听的名字

清晨，鸟鸣四起
花朵次第绽放。
春天赋予每一朵花
都有好听的名字，每一株草
都顶着晶莹的露珠。

我小脚的祖母
颠着细碎的脚步，
颤巍巍地从我的梦里走出。
她的名字也是一朵花——
在春天里盛开，
又在春天里凋谢。

有人说在梦里出现的人
是因为思念太深，我闭上眼睛
听月光倾泻下来的声音。
那年的松果——
在月光里，都留有好看的影子。

四月的某一天

天使来到人间的时候，

花朵次第醒来。

玉兰提前举起满树的酒杯，

梨树的枝桠上

停满了白色蝴蝶。

在炊烟袅袅的村庄

诞生一个季节，

是一个开始

也是一个永恒。

晨光中，一只鸽子捎来讯息，

树枝吐出新绿。蜜蜂勤奋

蚂蚁开始赶集——

你用深情的目光打量

四月的某一天——

一只赶路的蜗牛

不慌不忙，在牡丹花的花瓣上

着色，"万物都各自安分
春天从此走向鼎盛"。

春雪

冬天虽然还没走远，
雪也掩盖不了真相。
不能开口说话的雪花，
散落在干净的玻璃上。
留下一些泪痕——

八个孩子的母亲，
名字叫花梅，不是花朵的花。
"这个世界不要我了"
这声音冲破铁链枷锁，
所有人都听见。
雪不再掩盖真相，
在春天将要到来时
还大地一个短暂的清白。

谷雨

已经封控第十七天了，
我静坐在窗前，看
延绵起伏的香樟树冠
又浓密了许多。落在
第一个枝丫上的两只灰喜鹊，
扑棱着的翅膀上
收集了零星的光斑。

母亲的电话又响起来，
无情的疫情挡不住她对我的思念。
桌子上的酢浆草收拢了枝叶，
我从指缝中看见，穿过门缝的光
刚好扶住母亲枯瘦的影子。

让过彼此

晚风吹来，蔷薇花瓣纷纷落下，
一截蚯蚓的尸体被草丛掩埋。

樟树漏下来几声鸟鸣
被月光缓慢打捞。

中年的我们手足无措，
面对寒冷，一件衣服替换拥抱。

脸颊上的两行泪痕
被风擦拭了一遍又一遍。

车子朝着前方奔去，
路旁的树木和路灯都侧身让过彼此，
它们都有退让的属性。

黑夜掏出月光，

从门缝里塞进来。

此时，疼痛总是靠近
左边的上衣口袋。

落叶

风是实用的
尤其是在深秋。
手执一支画笔和颜料
将落叶涂染成不同的颜色。

银杏树枝上
停满了金黄色的蝴蝶。
秋风一吹，散落地上
一大片炫目的枯黄。

天气好的时候
阳光从树缝间漏下来，
抚摸着一季的叹息。
一片落叶被风裹挟着
在地上翻滚，几度沉浮
等待来年，又重新回到枝头。

盛夏的风

你离我越来越近，

我感觉到一种危险。

鸟儿在树上跳来跳去

浑然不知，太阳的光线

在树枝缝隙间和风捉迷藏。

树叶开始哗啦啦，哗啦啦歌唱，

一只夏蝉俯伏在树上

不敢出声……

茶叶在茶壶里翻腾，

小小的茶杯里装满了疑问？

第一杯微苦

第二杯青涩，茶杯的位置

是你我伸手就能触碰到的距离。

夏风多么潦草，

吹走的云里有颤抖的涟漪。

如果说我是一粒种子，

你翻开的泥土里，有我温暖的怀抱。

选择

我站在六月的路口
回眸。五月的香缓缓而来。
风把云酿成酒，
夏天挥动着手臂
调着想要的颜色。

突然间记忆生锈
日子被尘封——
生病的城市，心无处安放
此时，你轻轻地走来
拉拉我的衣袖——
石榴花开了，像我心底的一团火。

恰是风儿最温柔的季节，
树叶不会在选择中寂寞。
我站在六月的路口
徘徊，多像我年迈的母亲

因为摔了一跤，从此不知道
该先迈出哪一只脚。

秋日絮语

想把特殊的日子记录下来，
很多时候
内心浮起的词语呼之欲出。
只是在喉结嚅动一下
便以失踪的方式隐藏。

午后滚过的雷声
让酝酿的石榴苏醒，
只听见斑鸠的叫声
咕咕，咕咕……
寻找着前世今生。

原来，忘却的回忆
藏身于子夜的静谧，
在黎明前的梦里
才能抵达——
月落日出的缝隙。

虚妄的春天

一片干枯的月季花瓣
从书页中滑落，
一起落下的
还有你抚摸后留下的指纹。

还不止一片，
这些花瓣时不时地
从那本书卷里
翩然落下——

从来没有无辜的生命，
那些春天的花瓣
也曾在冬天里，装饰过
多少人美好的梦境。

我与星星的距离

有时我离你很远

你会朝我眨眨眼睛。

有时我离你很近

你就会转身——

蟋蟀在深夜人静时发声,

失眠的人耳朵里有跳动的音符。

我递过去的善意,

被黑夜称了又称。

在夜间行路的人

如果没有月色照着,

多像一颗,孤独飘远的星星。

流星

不需要预谋，天空的盛宴

从流星划起的弧度开始，

一场破碎会连着

许多场破碎——

你指尖上的凤仙花

血红，有刚染过的鲜艳。

一个人在月色很白的夜晚

独自行走，在秋虫吹起的号角中，

孤独和影子一起

若隐若现。

月光安静

没有一丝风
月光安静地笼罩着人间，
飞机的轰鸣声
随着月光倾泻而下。
赤裸的夜披上银色衣裳，
我临窗而坐，素心如水。

我们一起走过的路
苍白贫瘠，被善意的月光遮盖。

在慢慢堆积的时间里，
所有的事物都隐藏着谜底。
在漫长的黑夜里
我仿佛看见三妹坐在桂花树下
与星星交谈，手里捧着的月光
落满清香。那时——
月光正不动声色地
照看着她。

七月的午后

我们端起茶杯
在时光中隐藏自己，
午后的天空，云朵干净
起伏的群山托起它们。

三个焕然一新的人，对视、耳语
叙述一些日常小事。
你告诉我，时间会给生活让路，
美好只是个隐喻——
一地鸡毛里也有零星的花草。
七月刚刚抵达，我又开始相信
一些灿烂的事。

当我们起身告别时，
憋了很久的雨，倾泻而下——
扬起的热浪，在地面上翻腾，
鼓动着三个渐渐走远的背影。

九月

九月，你骑着马姗姗来迟，与我

四目相对，孤单击掌。

九月，我左手握着门锁，

右手拿着钥匙。在狭小的天地，

让虫声漫过围墙、门窗、耳膜……

九月，有人用方言建造起——

最后的村庄，没有水泥、钢筋、

混凝土，也一样结实、长久。

九月，太阳透过玻璃窗，坐在

我对面的凳子上……

我想起很多年前的医院，

一个姓江的孩子，用手指练习算数。

九月，患阿兹海默症的奶奶唱戏，

她的身后，跟着一群小花旦，

她走了那么远，也没能走出自己的房间。

九月，麻雀争吵。我小心地推开

每一堵墙，打开每一扇门……

九月，每一位主人，或高，或矮，
或清瘦，或圆浑。他们脸色
严峻，目光犀利，直逼灵魂。九月，
我听见自己的心跳，欣然接受
一切拷问。原野上白杨树叶
迎风招展，像我与生活握手言欢。

无题

无名指的指甲莫名地

断裂，没有出血。

这样单纯的疼痛

反而让我忘记反复纠缠的疼痛。

后来，我失眠了很久——

却是为了考虑

怎样在梦里把这种痛复习一次。

清晨曲

井边洗衣的少女，黑色的长发
随风飘动——
一只金黄色的小猫，追逐着风
吹起的一根鸡毛。竹林里
有个俊美的少年，将月色般的目光
投向井边——
一阵风吹过，竹影摇曳
喵——喵——，小猫警惕地
叫了两声。少女捋了捋长发
目光如水，慌乱中的少年
卷起书本，目光望向屋顶的炊烟。

小暑

早起的云朵，在天空漫步
脸颊绯红——
早起的露珠，悬在兰花的叶尖
欲言又止——

早起的我，站在一棵槐树下
默念着远行的人。
洒水车随着《江南水乡》的乐曲
缓缓向东移动，
水湿淋了我的衣服，空气凉爽许多，
一颗心忽然就澄明了起来。

这时，三三两两的槐花从我的头发上
弹一下，又落在地上，
我小心躲过它们
顺便躲过，相遇时
轻微的颤栗。

秋意

秋天的第一缕阳光，

打量着书桌上的一本诗集。

你递过来的词语里，

有秋天的凉意。

牵牛花吹起紫色的喇叭、询问

荡秋千的姑娘有没有隔夜的心事？

木槿躲在树下看见——

你的微笑被风一吹

就落满了枝丫。

夏天里的那个孩子

撒完最后一个谎，

就在秋天里长大了。从此以后

秋天再没有可以吹落的东西。

一场秋雨过后

风送来的问候里
有微微的凉意，一场秋雨过后
有枯叶飘落。

月光被笛声吹皱，
影子在夜幕下折叠。
敲碎预言的啄木鸟，与秋风对视着——

一根山药
靠在墙角的一隅
沉默了许久，
生出了一根长长藤蔓。

君子兰

买了一罐啤酒
想谋一场宿醉，
醉意中的君子兰，
将合起的手掌
慢慢打开，几年了
花期迟迟不来。

雨中寻找

这雨，肆意，清冷
你在屋前听雨
掐灭点燃的烟头，
行人稀少的清晨
一把新伞，照亮一段路程。

雨中丢失的母亲，
挪动着碎步
在雨中寻找回家的路口。
月季花瓣随着
雨点纷纷落下，
母亲的脚印很轻、很轻……
雨洗净了我的长发
像昨夜未醒的梦，垂在我的腰际。

匡冲的山坡上，油菜花开了
小鹅花开了。春天的脚步

覆盖了所有美好的东西。

母亲独自坐在那一段回忆里，

把往事一一打捞。

黄昏

你如约而来
梦还没有生成，
爱情比梦醒的早些。
让我忧虑的是
你来的时候，孤独的人更加孤独，
烦躁的心更加不安。

一粒灰尘在半空中打漩
跌落，结束了漂泊不定的一生。
你将白天湮没在黑夜之前，
爱情被分割成羽毛一样轻。

某个老师正在帮学生默写
英文单词，"下落不明
横隔天涯。"其实
人早已转身——
我结痂的伤口，因为你的关门声
重又长出新疼。

解题

雪白的墙上，一只蚊子
印上一粒朱砂，
孩子们在寻找着
这红色的出处。
他们解题的思维复杂：
答案简单：1+1=2

人生的题目没有答案
该怎样才能解析——
一减一也等于二，或者
一加一等于三

有人用剑刺中了我的胸口，
是先把剑拔出
还是寻找剑的出处？

你掏出的糖果

有时甜蜜，有时苦涩；

我把你的名字放在

所有的植物上，

重新叫上一遍

没有一株植物回应．

梦与现实

白天，现实把我逼回
夜晚的梦里，
梦在白天也能上演。
人人戴着各自面具，
遮掩着自己的真实。

夜晚的梦，真实直白
你说走了，就真的走了
头也不回——
背影消失的瞬间，
我心里留下个空洞，
用手捂着，还生生的疼……

我把自己丢了，就真的丢了
那个晚上，月光把春天的消息
明亮地铺在大地上——
桃花开得突然，粉红的花朵

多像走投无路的我，

重又站在了你的肩膀上。

第四辑

孤独的邮筒

想着一年即将过去，既有不舍，
也有温暖。太阳照耀我们一年了
依旧有最初时的温度。月光抚摸过的
万物
都有楚楚动人的情怀。

这一年

想着一年即将过去，既有不舍，

也有温暖。太阳照耀我们一年了

依旧有初升时的温度。月光抚摸过的万物

都有楚楚动人的情怀。

那些被时光眷顾的人们，

把麦子收在仓里，碾出白色的信念，

把稻谷看得比黄金还金贵，那是生命的内核。

你看，过年用的新柴码在墙角，等待

外出打工的人归来，"劈柴，喂马"。

这一年，时光如河水一样流淌，

细小的浪花也能翻越阻碍的石头，

奔赴山海——

我不再嫌弃母亲的唠叨，我还有

多少机会可以尽孝？儿子又添一子，

儿女双全，一个"好"字需要他一生抒写。

中年的逼近，使我心怀感恩，

我像秋天里成熟的拐枣，每一个拐弯处
都结着果实。粗粝的外表下，
隐藏着蜜汁。一个被生活厚待的人
眼里有光，内心温良，用微弱的光，
温暖至暗时刻的影子——

这一年，我看着落叶归去，亲人离散，
不再叹息。知道，那是生命里一个阶段
向下一个阶段奔赴样子！
我找不到匆忙的理由。任时光慢慢流逝，
我只记住那些幸福的事情。月亮缺了又圆，
太阳依旧会在地平线上升起……
我也要让冬天感受到我的暖意，
让太阳看到我细小的光。

匡冲的小路

忍冬花开过的山坡，
金蟾花又开了儿朵。

它们都是季节的孩子，
从春到夏，从夏到秋
听从大地的呼喊——

每一次远行都翻山越岭，
每一次归来都历经沧桑。
在岁月的沟壑处，慢慢抵近故乡。

老屋，老井，稻草人
伏在屋顶上的炊烟，
我们在路边的石磴上坐一坐吧！
这条小路，是来路
也是归途。

蓝眼泪

这天空大面积的蔚蓝，

淹没我的忧伤，我站在海边

等候一只海鸥与我相认。

风卡住喉咙，海水开始喧哗，

这素描的场景有些虚幻。

海水和天空交换着蓝，

浪花追赶着浪花，孩子们的

笑声里一半是甜，一半是咸。

细小的沙在我的脚下蠕动，我需要

保持平衡。看海浪多么匆忙，

将贝壳递给沙滩，又迅速撤离。

一只贝壳的前世和来生

在拾贝人手里延续——

夜晚，海滩上那么多的蓝眼泪，

在海浪的拍打下，慢慢

凝结成梵高的星空图。

孤独的邮筒

蓝白红，或者是红蓝白——

天气阴沉，一只墨绿色

破旧的邮筒矗立在街角。

有时，生活需要虚构一些

盼望或等待。一位老妇人

佝偻着身子，想邮递一只啤酒瓶，

庞大的孤独笼罩着她——

反复投递的空啤酒瓶

肚子里装满了怨气，

比孤独本身更深重。

她用力举起又放下，

落寞和惆怅在她身后

慢慢合拢。被投掷的希望

像奄奄一息的烟火，在忽明忽暗后

化为灰烬。老妇人摸了摸邮筒的影子，

腰更弯了。天空和大地开始

眩晕，颠倒了位置。

秋天别来

暗夜，有微微凉意，
是秋来了，一场清雨过后
就会有落叶飘零。

笛声吹皱的月色
覆盖着多少故事，
风信子送出的问候
如飘渺的星星。

今日我的思绪
随风飞舞，把秋
落成别样的平仄。

一只橙子的自述

也许，我的问候
只不过是夏日里的
一缕清风，轻轻地
为你送去清凉。耐不住
如火的温度，所以
我又把热情止住。

当你打开我的内心，
赤诚便会治愈——
你的咳嗽、沙哑。或者
春天里的迷失、抑郁。
油菜花盛开的时候，
精神失常的人容易
失去平衡。总有一阵风
会吹过我再吹过你，
总有一个瞬间
你我之间的距离是零。

独白

将窗帘拉开，让月光流淌进来，
和我并肩而坐。

空调烦躁不安
发出轰轰的响声，
电风扇摇头晃脑，
无奈地叹息着——

一条毛巾不能治疗颈椎，
一包低碳也不能净化空气；
一根蜡烛能够照亮黑暗；
一句体贴的话语能够促进睡眠。

月光下你的身影徘徊
脚步缓慢，语言患上血栓，
思想沾染癫痫——
那不紧不慢的太极拳

让你把天堂和地狱对接。

誓言犹如彩霞满天
绯红一片。风轻轻一吹
它们便四处逃散。

拨亮心灯

劳累了一天的我

为自己沏了一杯六安瓜片茶，

坐在窗前，看一缕风挤进来

吹着我刚洗过的头发。

窗外的蛙声让夜安静下来，

茶叶在杯中慢慢舒展开来。

撩动窗帘的，都是迷路的风，

为你缝制的护膝——

被我丢在窗外又捡了回来。

今夜，星星和月亮一起隐藏，

我只能用孤独将自己的心灯，

一点一点拨亮。

热

阳光下

爱情枯萎、花儿盛开，

木棉花的花朵

开始粉红、雪白

一个肥胖的女人

步履匆匆，

将硕大的西红柿

一分为二——

递到滚烫的嘴边。

季候风

你说来就来，说走就走，
整个天空都是你的世界。
今天红了花，明天绿了草。

水仙和瑞香在一夜之间枯萎，
凋零的花瓣无从拾起。
季候风吹不走明天的尘埃，
我的心是玻璃的质地，
冰冷、但是透明——
即使积满灰尘也很容易重回干净。
只是那漫不经心的爱呵！
总是让人心如死灰。

撩起雾霾的面纱

你站在我对面
我却看不清你的脸，
一切事物被雾霾遮盖，
站在阳台，如临仙界。

树枝在雾霾中忽隐忽现，
牛郎以为到了天庭
大声呼唤：织——女
声音传的很远——
惊动了街坊四邻。

撩起雾霾的面纱，
看见你离去的背影。
是谁伤透了你的心
用手捂住还生生地疼。
撩起雾霾的面纱，
是谁将泥泞的道路铺垫了红砖，
走在上面的人像弹奏着钢琴。

陌路

你来过我的城
——风儿初暖，
我去过你的村庄
——杏儿正黄。

一朵美丽的花儿
盛开时绚烂夺目，
历经季节的催赶
最终会枯萎、凋谢、陨落
就像爱情——
能够老死不相往来的
曾经肯定深爱，
后来又被深深地伤害。

芒种

白云被天空挽留，
阳光伏在麦芒上，
发出金属的声响。
远方归来的人，
用一株麦穗，灌满乡愁。

几只麻雀正不停地
将麦子啄下来，
用叩问大地的方式。
麦子们藏起了锋芒，
写下的诗句饱满、金黄。

大地之上，太阳倾泻出
明亮的光芒，
照耀着崭新的楼舍。
在芒种时节——
让每一位远离家乡的人，
踏着月光返程。

一只鸟的清晨

风捎来你的歌声
旋律在——
三根电线上跳动。
灯光簇拥着树枝
树影贴着地面。
你向着东方
轻轻飞起的瞬间
天色——
亮了起来。

盛夏流年

天空，被风一遍一遍擦拭
露出蓝的底色。
偶尔有一群鸟飞过
像闪现的诗行。

合欢花轻轻摇晃，
并蒂莲牵着手走过水面。

在这酷热的季节节点，
两列火车，从遥远的地方赶来
擦肩而过，那么久——
那么久，都不愿意分开。

一朵花的春天

清晨，一朵花开的时候
露珠会跳起来亲吻它，
天刚亮，鸟儿不需要
商议一天的生计。
一只蜜蜂在花丛中
飞飞停停，一朵花儿
就悄然打开了心扉。
酝酿着——蜜蜂
只此一生都在寻找的甜蜜。

春天多么浩大，东风一来
万物都在生长。
也有的花朵自设谜语
将自己隐藏——
在草丛背后暗自芬芳。
是的，春天浩大
而我渺小……

手捧着你送来的

一只花朵，就像拥有了整个春天。

月光下的你

这样的夜晚适合赞美，

风追赶着风，月亮追赶着白昼，

把黑夜还给了我。

人群中的你，在月光中

被虚拟，空气中弥漫着

花的芬芳和草的香味。

你是月光的使者，

轻轻地转一个圈——

树枝上便挂满了银色风铃

叮叮铛铛。

月光下，虫儿在私语

花朵在呢喃，

而我对你的思念

似故乡屋顶上的炊烟

很轻很淡——

如一圈一圈的

月晕。

太阳的独白

太阳喜欢从东边起早，
梦里的月亮妹妹，不知道踪迹在哪里？
月亮趁着太黑，也拽不住
太阳的衣袂。

雨天，月亮妹妹独自哭泣，
晴天，太阳喜欢上了追寻，
太阳的足迹踏遍每个角落
把月亮寻找，牵挂、相思
太阳等不及，在空中下起太阳雨
月亮妹妹拖着消瘦的身体
等待——
十六日的来临，
相思又涨了一圈。

春天里的故事

春日里的阳光温暖。

我踩着自己的影子，脚步缓慢。

一位老妇人撑着雨伞，

遮挡着，自己和自己的争吵声。

路边拐角处的剃头匠

还没有来，几位老伯坐在那里

一边听戏，一边大笑，

露出粉色的牙床。

太阳光落在收音机上

沉默不语。一只羊羔

栓在一棵树旁的铁笼子里。

在狭小的空间里

用嘴巴接住主人的青草

也寥寥无几。

我总是不按常规走路，

耳边挂着家人的提醒：

"要走斑马线，红灯停绿灯行"

可我还是经常闯红灯。

走到斑马线中间，来不及折回，

被困原地——

温和的阳光依然照着我

也照在一朵朵小黄花上。

嫩绿的枝叶，鹅黄色的花朵。

似一幅油画。我轻轻地采摘一朵

别在回忆里。

梦境（五）

父亲家的宴席上
你带来老酒新诗。
你高举酒杯，大声赞美——
偷偷塞给我一捆一毛的纸币
像万里长城恒古久远。
你我十指紧扣
穿过一片片金光闪闪的麦田，
成熟的麦穗倒伏着紧贴地面。
刘红明趟着齐腰身的泥水，
一路寻找丢失的麦穗。
又隔着门缝向我招手，
小声叫了几次我的名字。

孤独

一位老人用几年时间

在操场上练习电动车，

朝九晚五，从不缺席。

左手旋转时光，右手握紧寂寞。

一粒纽扣

想挣脱衣服的束缚

竟然自寻短见，

跌落于野草从中。

多年以后，被除草人拾起，

丢弃在路边，无人问津。

一只乌鸦讥笑麻雀们争吵，

喜鹊站在枝头不敢出声，看着

拄拐杖的年轻人，

因为脑梗，练习走路。

一颠一斜，蹒跚而行。

夜深了，两位老妇人

坐在小区花坛边，

呆望着昏暗的路灯，

月影晃动——

风儿轻轻。

梦境（二）

是谁在我的左手掌心，

用利器划开一道很深的口子，

能看见骨头和筋脉，

看不见流出的血。皮和肉分开着，

我用右手托着左手，

去买创口贴。被站在门口的黑狗

挡住了去路，我一急，醒了！

左手生生的疼。

黑夜

白天的太阳热情，黄昏
空气暧昧。广场属于
跳广场舞的大妈们。
路灯将白天和黑夜隔开，
含羞草小心地将
情感收起。晚风一吹
又抖落开来——

夜不再喧嚣，万物
都在静谧中滋长。
灯笼摇晃，石榴紧闭嘴唇，
酝酿着满腹的心事。
黑夜不再孤独，谁醒着——
就属于谁。

结出梦幻与泡影

午后的阳光，打在

守时的钟摆上，时间停顿了一下。

我的脚步缓慢了一些。

时光慵懒闲暇，白云悠悠地飘过屋顶，

像你来时的样子，那么轻盈。

调皮的风，一会掀动樟树叶子，

一会钻钻屋角上的洞，

发出稀奇古怪的声音。

午后的时光，不再年轻，

黄昏紧接着就来，夕阳也来，

像玉米地里的将军草

——不会留白

我在你留下的空白里，寻找

你消失的证据，铜钱草守口如瓶。

君子兰用哑语告诉我

——谜底，答案

也一直存在。

譬如朝露——
从叶尖滚落泥土，
带着与生俱来的清明；
譬如时间的枝头——
正在结出梦幻与泡影。

午夜

咳嗽掩藏不住，犹如贫穷
犹如爱。你擦亮火柴
也没有点亮夜的黑暗。
欢笑惊醒梦魇
思想长出尾巴依然飞翔。

纺线婆的叫声，像海拔
五千米的气流穿过耳膜。
两个小人在吵架：
一个去寻找灵魂，
一个在等待睡眠。
有人脚踝骨开满梅花，
有人手臂长出红豆。
几声犬吠，苏醒了黎明
你爱你的千里香，
我爱我的粉丝汤。

梦境（一）

隐翅虫变成萤火虫
腹部闪动着彩色的光，
我手拿扫帚小心拍打。
那束光，照在秋天里
树叶落下，小草枯黄
那束光，照在我身上
秀发斑白，牙齿生锈！
一弯月牙在我眼前移动，
隐翅虫飞走，包拯面如黑炭。

你手捧中年危机
登上去巴蜀的航班，
我手撕一张张旧报纸
蜷缩在冬天的院落里。
等待大雪纷飞，我就回家。

举起右手

在课堂上回答问题
或者提出问题，
总是举起右手
或者左手，我们
拿东西时会伸出右手
或者左手。我
瘦小的母亲因为脑梗，
左手开始偷懒，
只能举起右手。

小岭头学校

一所学校坐落在
匡冲的岭头上，
那里的羊群追赶着山腰的白云。
山下的孩了向岭头聚拢
赶着一群白色羊群。
羊在山坡吃草，孩子们
在小岭头的教室里读书。

一所学校，一位老师
几十个孩子。那时候
我们多么自豪——
就是花果山上的一群小猕猴，
我们能看见山那边的天空。
还常把老师叫成奶奶。
我们也会薅一把苍耳
揉进男生后脑勺的"乌龟毛"上，
读书声，欢笑声……

引来云雀，小松鼠。

学校里唯一的一把锁

锁住厕所的小门，

怕有人会趁着月色偷走仅有的肥料。

学校唯一的电器是闹钟，

老师每天把它放在篮子里

从小岭头学校拎到山脚——

村里唯一的一户有座钟的人家。

对准时间，分秒不差。

小妹

我有两个妹妹：
最小的一个叫着
和我一样的小名。
睡在摇篮里被我摇翻过，
后来，我的后背就成了她的摇篮，
祖母用裹脚布将小妹捆绑在我的后背，
背着她去寻找扒河修路的母亲。
祖母的裹脚布又白又长，
它们每天缠绕着我，
那时我七八岁。

昨晚小妹打来电话，
怎么也想不起晚饭吃了什么？
口渴的厉害，肯定吃过太咸的菜，
只好打开冰箱寻找蛛丝马迹，
让回忆呈现出来——

有些事一转身就忘记，

有些人拼了命也要逃离。

遇见故人

路边的香樟树上
结满了紫色的果子，
黑珍珠一样，在枝叶间隐藏。

鸟雀在上面嬉闹，
树下走过的人，有时会被掉落的果子
砸中，像故人见面时的寒暄。

我多少次走过树下幻想着
遇见你。透过斑驳的光线，
总有一阵风替我
跑过去迎接你。

遥寄秋天

大雁往南飞去，
日子开始金黄。
那些收集露水和阳光的绿植，
开始斑驳陆离起来。

风还没有寒意
依然扬起新的愿望。
这时候，万物顺从阳光的指引，
人间像谷粒一样金黄。

我想把这个秋天遥寄给你，
信笺只能装下一枚枫叶。
是呵！一枚红叶，那么显眼
多像秋风替岁月为秋天颁发的奖章。

路过有你的地方

云路过

带来几行雨滴。

风路过

带走几枚树叶。

我路过

看到你的车子在那里停泊

心就安稳。

无边的黑夜

黑黝黝的天空，

几颗星星闪现微弱的光。

月亮的背面还是月亮，

我望着它的时候

它正躲在云层后面，

没有与我对视。

你的身影如陨落的花瓣，

跌落我虚掩的梦境。

露水打湿的脚印

被我擦拭的模糊不清。

你怀抱着星光，推开黎明。

重新建造了一个

又一个无边的黑夜。

三月

春天从柔和的风开始
计算着，每一朵花开的时间。
铁冲的玉兰谷早已落花成雪，
那年的化，落在我们的心里
至今没有散去。
瑞香一夜间绽放枝头，
离去的故人没有再来，
三月为他垒起一座新坟。

一只鸟儿，倏地从我的头顶飞过，
它的春天正举过头顶。
天边的那几朵白云，
是正在吃草的羊群。
风附在我耳边轻轻地
诉说冬天说不出口的话语：
一个冷漠的人
他的春天还很远。

第五辑

——

落叶的归宿

天蓝得像誓言。我站在阳台晾晒衣服，
邻居老太太
站在阳台上吃早饭，
我们隔着纱窗说话。温和的阳光
照在她的白发上，
晃得我睁不开眼睛——

卖针线的老妪

冬日的早晨，太阳还没升起，

几片枯叶在寒风中醒来，

菜市场又开始了一天的喧闹。

人群中，一位卖针线的老妪

和针线一起蜷缩在地摊前，

她的摊位很小，小到只能——

给她带来针尖大小的光亮。

她皲裂的左手捏着针，在白头发上蹭了蹭，

右手的丝线就发出裂帛的声音，

核桃般风干的脸上，爬动着皱纹，

她对准针孔低下头，眯起眼睛

一丝光穿过针眼——

她弯着的腰向前倾斜，

哆嗦着风湿的腿，隐没在人群深处。

当有人买针时，她的骨节会发出倔犟的声响，

似乎只要她能站立，

她偏瘫的儿子就能行走。

隐入尘烟

她对着河水发呆，跟石头说话
把抹布晒在河滩上——
河水带着她的秘密去了远方
不再归来。石头不动声色地把她
的话语沉入河底。
她像一只圈在村庄里的野兔，戒备
胆小，拥有一双通红的眼睛。
躲在自己的世界，不与任何人相处
也不与任何人为敌。
她的空间，就是一间破屋
和门前小河的距离。

曾经的她勤劳能干，自从嫁给一个坐过牢的人，
她的生活发生了改变，不再被人善待
谁家丢了葱蒜都会跑来质问，谩骂。
后来，她真的去拔了伤害她人家里的菜，
当一次真正的"小偷"，结果是

遭到一次毒打。从此，她的世界开始倾斜。

她对人间充满怀疑，看不清楚

人们的面具，她挣扎，愤怒！

最终不愿和生活和解，亲手戴上

保护自己的面具，不再和任何人交集

一个人蜷缩在黑夜里听虫鸣，

看着老鼠跳舞，蛇吐出红信子。

只有它们把她当人看，在她面前小心翼翼。

活着

他迅速将烟点燃，一根接一根，

淡淡的烟雾在车窗缝隙间逃窜，

忧伤随风扩散，在肺腑里蔓延。

车子一路向西，从热闹的婚礼现场撤离

虚幻的景象如云雾般弥漫——

就在今天，邻居阿贵同时经历了喜悦

和悲伤的冲击，在他义子结婚典礼上

收到亲生儿子的离婚消息。

烟雾迅速聚集又逐渐消散，

盘中的奥龙，面包蟹都很安静，

对于不吃海鲜的他，如同虚设。

烈酒勾兑的回忆开始沸腾，

覆盖了现场的喧哗。他的妻子，

十几年前把自己的命交给一根麻绳，

他的儿子在狱中等待刑满释放，

就连孙子也无权抚养。孤身一人的他

在脚手架上摔下，又折断肋骨三根，

似乎什么都想离他而去。

所有的劝说都已无效，他吐出的烟圈

一圈一圈将自己裹紧。

当落日收起光芒，被群山吞没

他低头苦吟。当夜色降临，

他仰面凝视天空，却看见几颗零散的星星

正照着他忽明忽暗的路程。

卖公墓的女人

清晨的菜市场，萝卜鲜嫩，
菠菜挂满露水。
菜市场的出口处——
大观山公墓的广告牌
摆放在一位中年女人身旁。
买菜的人们来来往往，
一位拄着拐杖的老翁
颤巍巍地上前询问。
卖公墓的女人小声地
介绍着墓地……
在这个初冬的清晨，
生和死——
只有这么近的距离。
墓地和蔬菜一样新鲜，
阳光照在豆腐花上，
也照在公墓上。

冬日

天蓝得像誓言。我站在阳台晾晒衣服，

邻居老太太

站在阳台上吃早饭，

我们隔着纱窗说话。温和的阳光

照在她的白发上，

晃得我睁不开眼睛——

她每天早上坚持买菜，

傍晚就在小区散步，仿佛老伴

还在人世。

她说："常常听到敲门声，

以为老伴又忘了带钥匙，

当她打开家门，却只有金边吊兰摇晃几下。"

邻里之间

我站在阳台往下看，
一楼的院子尽收眼底。
凌乱的杂物旁生长着几株薄荷草，
废弃的浴缸里栽种着零散的小葱。
水泥地的裂缝里
马齿苋和灰灰菜
倔犟地贴着地面。
一只穿着讲究的宠物狗
在栅栏边，抬起一只后腿
在忍冬藤旁撒尿。

四楼有人站在阳台上抽烟，
烟灰像雪花一样，从我的眼前飘过
落在一楼的院子里，紧接着
一口浓痰，吧嗒一声
砸在灰灰菜上。这高空抛物
使夹缝中生存的灰灰菜，

面临一场灭顶之灾。

接下来，我又看见抽烟人

抖动着他家金毛睡觉的毯子。

金毛的毛四处飘洒，隔着纱窗

从我的眼前飞过。

有的飞在一楼的院子里，

有的飞在二楼晾晒的衣服上。

还好我在太阳下山前已把衣服收好。

很少见到一楼的女主人，

不是因为疫情

没有人知道她是医生。

不是因为密接

没有人知道她的名字。

她被拉去隔离那天，

整栋楼的人都开始打探、关心。

逃不脱的黄昏

风比我提前动身，在回乡的途中，
雨也紧随其后。
那些没有带伞的人，应该都有
晴朗的心情。

一个抑郁症患者在女贞树下避雨，
忘了家的方向。
草木生出怜悯之心，替她指路。

田埂上，风车吹散候鸟的翅膀。
金色的海洋浪花翻滚，
那抽身的小径
还在季节深处蜿蜒——

很久没见面的亲人，还站立在
记忆中的那棵枫香树下。
蒿草没过路口，忍冬爬上院墙，
我们手挽着手走向黄昏深处。

留守钥匙

一只乌鸫贴着晚霞飞过，
暮色在不远处落下，几颗星星
点亮远行人的归路。
楼道里传来钥匙击打
扶手的声音，感应灯和我一样，
在心里闪亮了一下。我们知道
对面阿婆已散步归来。
自从她的老伴离去之后
她就不再大声说话，余下的力气
替老伴散步，咳嗽——

我经常忘记带钥匙出门，
每次都要请来开锁的人。后来
放一把钥匙在阿婆家为我留守。
自从老伯去世之后，我有意
不带钥匙出门。那把留守的钥匙
常常听到我敲阿婆家的门，再喊上几声，

楼道里的感应灯听到我的喊声

每次，都会明亮地回应。

梨花雪

天气阴沉，乌云压低，
烟花绽放的瞬间，
一群麻雀迅速撤离，一缕缕青烟，
窜上云端。邻家出嫁的女儿，
在白色墙壁上挂满红色气球，也有几只
白色气球，和屋前几棵梨花，
各自占领春色。

月亮正路过窗前

远处的屋顶落满清辉

素手勾勒出屋檐的轮廓。

一丝风画完写意的樟树丛

又去画翻涌的云。月亮

正路过我的窗前，缓慢向西而行，

此刻，它属于我一个人，

我用手指蘸着月光，翻开

黑夜的目录，天空抒写出满天星辰，

牛郎和织女，在银河两岸默默相望，

演绎着宇宙的浪漫诗篇。

缺失的一部分月亮被谁用手捂住，

虚构一场离愁。我摁灭灯光

浓稠的暗影围拢过来，帮我计算

阴影面积。蟋蟀的叫声把时钟擦的锃亮，

月亮正路过我的窗前。

香樟树

喜鹊在楼顶最高处
跳跃，喳喳大叫
塔吊车的巨影划破晨曦。

环卫工人的锯子
打断了麻雀
和妇人们的争吵。

一声巨响，硕大的树干倒地，
紫色的果实在地上乱窜。
喜鹊扑棱着翅膀飞向另一栋楼顶。

樟树秃了
残缺的枝干流出白色的血液。

香樟树咬紧嘴唇
光秃秃的树干，

似乎在发问：

在夏天夸赞她带来阴凉的人，

为什么到了冬天，

又责怪她遮挡了的光亮？

移动的树桩

冬日的午后，雪还没有落下来，
几只乌鸫在香樟树桩上跳动、
鸣叫，清脆的声音相互纠缠。
我踩着落下来的樟树果子，
耳边有炮竹声音响起。
乌鸫们从一棵树梢飞向
另一棵树梢，相互追逐着
像移动的树桩。

月亮湾

十月的风吹来春天的消息，
金秋的东西溪召唤着
远方的客人。在浓浓的秋色中，
品尝荆棘里的九月寒。
素白色的野菊花，
在山边为我们引路。
地锦草紧贴地面，
白色乳汁在体内奔涌。
经过太阳冲，月亮湾的
天作之合。古月关的门为我们敞开，
一夫当关，万夫莫开。
我们的心围着月亮湾旋转。

曾经的月亮湾，
屋顶能看见星星。
寒风从窗户中钻来钻去，
老三线里驶出小飞虎。

破旧的厂房，落后的村庄

历经沧桑，终于华丽转身，

蜕变成中国月亮湾作家村。

秋色浓浓，一轮明月照亮东西溪的夜空。

"溪月夜谈"不是传说，

是医治灵魂的一剂良药。

我们欢聚一堂，"借月光为笺，

用溪水剪裁，以山岳分段，"

把月亮湾寄予更远的远方，

也可以，等一个人归来，

等月亮升起时圆满。

西茶谷

烈日下，两辆大巴车穿过猴子岭隧道，
在盘旋的彩虹路上蜿蜒，
一群热爱诗歌的人们，从天南地北赶来。

西茶谷坐落在响洪甸水库的西边，
正值枯水期，水位下沉的部分，露出
一条金色的水岸线，缠绕着满山青绿，把
蓝色的水域和茶园隔开，层次分明。

站在山顶也能看见，白云在水里飘荡
驮着采茶女清脆的歌声。
天空明亮。风吹来云雀的尖叫
吵醒水边几只休憩的船只。
鹰在天空盘旋，众鸟齐沸
两只大黄蜂伏在早熟的柿子上
收拢翅膀。

当暮色降临，群山不语，

总有几只迟归的燕子

——在暮色中惊慌失措！

远东大道

道路两旁，夹竹桃开的正欢
带着毒性。呼啸而过的车辆
奔赴自己的方向。没有人在意
一枚戒指的去向——

生锈的铁管暗藏着秘密，
夕阳落进地平线那刻，回光返照一样
提醒黑夜，将会有更多不为人知的故事发生。

没有山川俯视的平原，
却有苍穹照看人间。此时
我开始相信，获得与丢失的注定关系。

鲜花岭码头

曙光初现，山脉的轮廓渐渐显露，
辽阔的湖面上薄雾正在升腾，
细碎的阳光洒在船只驶过的波浪上，
船只像张开彩色的翅膀，在云雾里飞翔。
几只野鸭凫在水里相互追逐，
它们练习飞翔的姿势如我打出的水漂，
在水面上若隐若现。

靠近码头，停泊的船只被波浪摇晃，
相互靠近又相互嫌弃。铁锚限制
它们的自由，也使它们不在四处流浪。
有鹰翱翔在天际，翅膀上挂着白云，
在此岸作别的人，正在彼岸招手。
我坐在岸边，看自己的影子在水里变形，
扭曲。等待归来的船只靠近，
将模糊的自己和影子一起渡到对岸。

傍晚的月亮岛

紫薇花在傍晚颓废着，
菖蒲草游到淠河的中央，
它们手拉手趟过对岸。几只野鸭
在草丛中追逐——
四周真安静呵，好像
整个月亮岛只有我的脚步声。
野桃树伸出枝条抽打了我一下，
我摘下一根，弯成弓箭佩戴在胸前。
一群野鸭贴着水面飞过，
漾起的波纹由深到浅。

女孩与流浪猫

两只斑鸠在草地里觅食

并低声呼唤着彼此。一只金黄色的流浪猫

窜出草丛，一只斑鸠惊慌飞走，

女孩伸手递过一块食物，

小猫警惕地扒拉两下，叼着就溜走。

从此，每当女孩路过，这只小猫都会

扑过来抱住她的裤脚。女孩心情好的时候，

也会帮它清理毛上的苍耳，狗甘草籽，

那时候，座钟停止摆动，阳光温和

几朵白云伏在树梢一动不动——

小猫活泼好动，玩耍中，

尖尖的牙齿戳破了女孩的手指，

鲜红的血珠顷刻间从葱白的指肚流出。

女孩生大声呵斥，小猫怯怯地躲进草丛。

接连几天，小猫不再现身，女孩满脸悲伤

带着食物等在上学的路旁……

流浪猫到处流浪，女孩想到自己，
父母离异，无人关心多余的自己
突然间泪水打湿脸庞。小猫轻轻来到身边
蹭着女孩的脚踝，仰起脸接住了
女孩的伤悲。女孩哽咽着抱起小猫
像抱起流浪的自己。

槐花似雪

清风路站牌后面，几颗槐树
站成一片阴凉。七月
槐花似雪飞舞，马路牙上
灌木丛中，都是它们的滑雪场。
我站在槐树下，目睹槐花追逐
远去的车辆，又被后面的车俩
碾压于车轮之下。
那淡黄色的香气飘散在城市的一角
被热浪淹没。一位女孩
白衣胜雪，双手拉住车窗，
风往她的眼里撒了一把沙子，
车子绝尘而去，女孩瘫坐在路口
来不及避让后面的车辆——
槐花纷纷落下，遮盖在女孩身上。

伴侣

牙齿一对一对的生
死就不一定了，
经过多少岁月的咀嚼
时间的磨合，最终
有一方会提前退场，
空缺的地方不能一直空着，
总会有人替代。

所有的疼你都疼过了，
你的苦没有人替你受。
没有了痛苦和苦难的陪伴，
也就没有了生命的意义。
一对假的牙齿相互陪伴，
没有了磨合的疼痛，
犹如中年夫妻！

我在夏天里揣测寒意

小南风吹过我，也吹过你

一只斑鸠在窗台角落里孵卵，

我拉起窗帘，遮挡陌生人的视线。

香樟树伸出枝桠为它遮蔽风雨。

初夏时分，温度比较适宜，

我在这样的时候揣测冬天的寒意。

小斑鸠会不断长大，羽毛丰盈。南风一走

它们简陋的巢，会漏着冷风。

我不知道它们用什么抵挡寒冷？我也看见

那么多酢浆草在夏日里

撑起粉红的信念，在秋天

结满绿色的果荚。风一吹

它们的种子四处散落，

来年春天又是一片绿意。

红月亮

我没有见到你红的时候，

见到你时，已经缺了右边的一瓣。

失血过多的脸庞，像刚生产后的女人

虚脱，惨白——

本该圆满，又守着残缺。

那么多人都在注视你，

从满脸彤红到一身素白。

你在痛苦中呻吟、蜕变

我还是喜欢你一身素装

清冷，优雅，高贵

世间没有一个人能配得拥有你。

故人

在这个春天

我把你种入地下，

让你入土为安

希望你的爱在春天。

破土而出——

樱桃树遇见春风

像遇见故人，一夜之间

满树的花朵在枝头微笑、招手。

过去在回忆里醒来

湖水被夜色晕染，

镇子上的点点星火在湖水里

点亮满天星辰。漫步在岸边，

不需要寻找美好的诗句，你看

云朵驮着故事赶来，山峰捧住月亮升起

有些记忆在时间里枯萎，有些正在

苏醒。不经意的瞬间，

我把自己放逐在这夜色里，

让那些曾经的梦想

像星星一样，一点一点明亮。

让那些归巢的燕子，在日落前返回。

当我依常在你的肩头——

幸福漫过湖面，荡漾起层层涟漪。

我和你

我的愿望很小
愿做一根火柴。
给那些迷茫而黑暗的心
点亮一小朵火花。或者
做一个夏天午后的蚊子，
把那些白日梦里的人，
从虚幻的甜蜜里叮醒。
你却要做一把外婆手中的扇子，
扇走蚊子、扑灭星点火苗。

高架桥过去了，路口
还有很多个——
总有人走得太快
找不到同行的人。
两个方向的人，在阴冷的日子里，
各自顶着风雨去寻找——
失散的矢车菊和常青藤，

即使只采到了灯心草

和七七芽。

幸福桥

冬天的清晨，空气中有几分寒意
斑驳的青苔安静地伏在瓦砾间，
石墙上。一抹朝霞把河水晕染成醉意，
母亲牵着我的小手走在桥上。
河水生出暖意，映照出我们的身影——
我手中的菜篮被母亲的歌声装满
时间停顿。石板桥带着仁慈之心
将我们递过对岸。这样的场景
我在小桥上走过整个童年。

皋城小学

天气阴沉，寒风摇动灯笼，

一场大雪正在来的路上。

学校门外，一群家长等待放寒假的孩子。

他们缩紧脖子，跺脚，对着双手哈气

我紧了紧围巾，似乎寒风又从

脚下升起——

一个幼儿将一双冰冷的小手

伸进奶奶的胸口取暖。

两个门卫在校门口踱着方步，

教室里歌声升起，孩子们

像小蜜蜂一样嗡嗡嘤嘤。

当学校的大门打开——

千万只花朵绽放笑容，春天扑面而来。

读诗

坐在桌前
读你的诗集，
一束兰花
寄养在花瓶里，清香
时不时地缠绕我，
像你双手捧着的阳光
漏下来一丝明亮。

深夜告白

夜深了，秋露这么重
打湿在灯下背诵单词的学子们。

蛐蛐没入睡，还在诵读自己的方言，
它们不用考学，只练习简单的词语，
对着黑夜复读机一样告白。

月光被树影摇碎，犬吠声咬破黑夜的衣襟，
深夜的路口，依然有车轮碾过马路的告白声。

屋檐下，灯笼摇醒晨星，
我用呓语向你告白。栾树一边开黄色小花
一边结红色的果子，一串串悬挂在枝头
向夜空交出玲珑之心。

指月亮

小时候，常听祖母说
月亮不能用手指，月光似刀
割破耳朵。我半信半疑地
用指过月亮的手指
摸摸耳朵。月亮用清冷的光
注视我。第二天耳根会有伤口
祖母把菜刀放在锅盖上蒸，
用手指蘸着腥气的蒸馏水，替我涂抹伤口。

长大后，我的耳根没有再被月亮割伤，
生活在城里的我，总是低头捡六便士，
忘记了抬头看星空，指月亮。

今年中秋，我端出月饼，柿子
和月亮相互对视，她羞怯地从云层里
钻出来又躲进去，客厅的吸顶灯受到启发
闪烁不停，我摁灭了开关，
月亮才露出半个脸。

竹匠

竹匠曾经是山村里的手艺人，

他们和木匠，剃头匠都各自吃着百家饭。

在那个物资匮乏的年代，竹编也算是高技术。

山里人时常请来竹匠，让他们把竹子破开

用篾刀把竹片削成纸片一样薄，

他们用巧妙的双手，编织着斑斓的生活。

凉席子，竹椅子，簸箕，竹篮子……

既好看又好用，那时的人们不以为然，

"有眼不识泰山"。

时光流逝，竹匠在时代的浪潮中逐渐消失，

塑料制品替代了他们手艺。

满山的竹子连绵起伏，微风一吹

海浪一样在山坡尖叫——

呼唤着远去的背影。清明时节

坟墓的四周，总有一些破土而出的竹笋，

来探望已故的亲人，那拔节的声音

在他们的体内哔叽作响。

有的竹匠也会选择一个竹园

当成最后的归宿，他们把自己

种在竹林里，等待春天来临

更多的竹笋来看望他们。

人到中年

秋风硬朗了许多，

秋天的美总有些悲壮。那些

刚开始泛红的树叶，已在练习凋落的姿势，

雨柔软了起来，没有了夏天的刚烈。

只有那些南飞的大雁在空中

高一声低一身地呼唤着——

掉队的同伴，驱赶着偷袭的入侵者。

路边的，山脚边的那些野菊

自顾自地盛开着，五颜六色，

每种颜色都保持自己的底色，

在花开和枯萎的时空里，

不经意间完成一生的起承转合。

只有那些栾树上零散的果子，呈琥珀色

在枝头倔犟地挺立着——

多像中年的我们。

落叶的归宿

天气阴沉，突然的凉爽使人想哭，

随风凋零的落叶各有方向。

那些生活在城市里的落叶是见过世面的，

它们的红袍和金黄在秋天里格外显目。

只要一抖落，环卫工人就围绕它们旋转，

它们从不担心自己的归宿，

环卫工人就是它们的乡亲。

秋风为它们送行，雨露洁净它们。

等待来年春天，它们又重新回到枝头

着装一身青绿。

那些从未出过远门的落叶

在乡下的田间地头，山岗。

它们大部分叶落归根，

还有一部分奔赴烟火与灶堂。

烟囱吐出滚烫的乡音，在屋顶缱绻

问候归来的亲人。只有父老乡亲

认得出它们的身世。

在寒冬来临之前，它们回归故土，

用枯黄身躯贴紧故乡的心脏。

后记

　　《匡冲诗篇》是我的第二本诗集，收录了近几年来创作的诗歌，共计一百六十多首，它们大都在省级以上刊物上发表过，今天集结成书，是我对于自 2019 年开始写诗以来诗歌创作的总结和集中呈现。这些诗歌主要以我的故乡匡冲为创作背景，它是我精神和灵魂的栖息地，是我诗歌创作的源泉，故命名为《匡冲诗篇》。

　　这本诗集里有我对故土难以割舍的情怀，对父母，兄弟姐妹情感的依赖。尤其是近几年，故乡逐渐变得萧条，人越来越少，树木越来越葱郁，那条返乡的小路也被狗尾草和红蓼花占领。每次回乡，路边的蒿草，野花都会排队迎接，冲我点头微笑，它们不曾离开故乡半步，默默守护和陪伴日渐衰老的村庄。我每次站在老屋的门前，看到父亲种下的桂花树郁郁葱葱，越长越高，都会感慨万千，记忆开始荡起波纹，情感的细流像河水一样涓涓流淌……

　　2017 年的冬天，父亲突然离世，这种悲痛使我透不过气来，心里积压着对父亲的思念，想到我的父亲再也不能叫我的名字，再也不能喊我回家过节，再也不能站在门口对着回家的我们抹眼泪，我的痛苦更加沉重，在痛心和难过之余，更多的是感受到生命的脆弱和无常，想到曾经读到过李南老师的一首诗《落叶》到了秋天 / 大家会踩着落叶走过 / 到了许多年后 / 妈妈和我也像这些落叶 / 先后从人间落进泥土 / 人们啊 / 愿你们踩着泥土 / 轻轻走过……。记得当时的我泪流满面。时隔两年后我写下了第一首诗《走散的细雪》父亲走的那天夜晚 / 特别寒冷 / 黝黑的天空 / 镶嵌着密密麻麻的星星 / 我看见有一颗星星滑落 / 拖着长长的光线。

我不知道那是不是 / 穿着中山装 / 拿着破旧手电筒的父亲 / 昏暗的光 / 照亮修路架桥的乡亲 / 我看见满山的枯草、菊花、树上的柿子 / 都覆盖着一层白霜。

那是在人间走散的细雪 / 那一晚 / 落在我的睫毛上 / 至今都不肯散去。

这首诗后来发表在《扬子晚报》上。

父亲走后第三年，我的母亲因为脑梗，突然摔了一跤，不能行走，每天呆坐在门口看人迹稀少的小路，望着门前的桂花树，看着鸱鹰在山顶盘旋，屋檐下的燕子自由自在地飞翔，母亲会深吸一口气，将心中的苦楚慢慢咽下。曾经的母亲特别勤劳能干，田间地头都是她的身影，现在每次回去看到这种场景，心都会生疼，于是又写了《看云》：

　　　　母亲年轻的时候

喜欢看地里的玉米

田里的稻穗

偶尔也埋怨疯长的野草

混迹禾苗里的稗子

现在的母亲整天坐在门口

看行人稀少的小路

目光跟随着每一辆车

每一个行人

延绵不断的山坡

总是挡住了视线

有时，母亲也看桂花树

看山，看山顶，看天空

"你看，那朵云！"

我顺着母亲手指的方向

依稀出现了父亲的背影

  这两首诗都是一气呵成，没有过多的修改，后来《看云》
有幸被【中国诗歌网.每日好诗】收录，走进（每日好诗）
直播间。

  从没想过我会和诗歌结下不解之缘，更没有想到我还能拥有另外一个身份——诗人。因为我所从事的工作特别忙碌，用母亲的话说："整天忙的跟麻线陀螺一样团团转。"正所谓"在烟火中生活，在云端上写诗"，看似两种不搭界的生活，却让我对诗歌有了更深刻的理解和痴迷，在这种一半烟火气，一半诗意的日子里，我拥有了很多意想不到的收获。

匡冲——这个在地图上都找不到的地方，这个落后，偏僻的地方，却是安放我童年和青春的家园，也是喂养我生命的地方，那里的山山水水，一草一木，都和我有着牵扯不断的情结。道场边的石磙、房顶上的炊烟、浸泡在河水里的石步，都会在我的脑海里一一呈现，在我的记忆里鲜活。匡冲对我诗歌的创作着实给予了丰厚的馈赠……

《乡愁是一首不老的诗》

故乡的河流日渐清瘦。两岸收紧，

替它说话的流水，

隐藏着漩涡。燕子，去了

又归。衔着春风，翅膀下的闪电，

击中故乡的屋檐。岁月的刀斧，

没有砍倒房顶上的炊烟。

一棵苦楝树陷进深深的回忆里……

童年的小鹅花沿着牛蹄印，

可以找到失传的星空图。

西边的山坡，又添两座新坟。

旁边的落叶如潮水般退去——

落日是送走的乡亲。

当暮霭慢慢升起，托起群星，

当泉水和山谷开始收集鸟鸣，

村庄越来越老，乡愁，

越来越清晰——多像离去的父亲，

隐入群山之中，

隔着时空，叫着我的小名。

　　这首诗是我对故乡的一种复杂，多项的情愫，我想，每首诗应该都有自己的归宿吧。

　　当然，对于写诗时间不长的我来说，遇到的阻碍和苦恼也是不言而喻的。有些诗是片段式的，有许多意象瞬间萦绕在脑海，挥之不去，又一时没有合适的句子表达，只能顺着思绪把它们大概记录下来，慢慢斟酌，修改，渐渐露出一首诗的雏形，有些诗句干脆就存在手机里，等待哪天再续⋯⋯

　　不过也乐在其中，尤其当它们变成铅字被刊物陆续发表出来，我就会深受鼓舞和欣喜，曾经有两首诗《邂逅》《玄鸟》幸运地被我少女时代特别崇拜的刊物《知音》《辽宁青年》分别选中，激动的心情溢于言表。诗歌让我一个普普通通的女子在平凡而忙碌的生活中找到了方向，也是我精神世界里的一束亮光，让我觉得原来我的天空也有星辰闪烁。特别是在我孤独无依的时候，诗歌让失声的我开始歌唱，我像小草一样匍匐在土地，故乡和亲人们在我的诗句中得以保存和复活，是我今生最值得欣慰的事。我会尽力记录和歌唱他们，就像"岁月的刀斧没有砍倒屋顶上的炊烟"，我用纯粹的声音和方言向故乡表白，让《匡冲诗篇》像一粒芝麻生香，像一声鸟鸣飞过山谷。

一路走来，很不容易，有苦有甜，但更多的还是心存感激，文学的路上并不孤单，感谢那些在我诗歌创作过程中对我无私帮助的人们，尤其是六安诗人陆支传老师、陈德轩（木乔）老师、张家政老师、湖北诗人花瓣雨老师，他们一直在不断引导我走进诗歌和迈向诗坛，可谓是我诗歌道路上的引路人和生命中的贵人，我只能更加努力创作，来回报他们的帮助和期待。

特别要感谢诗人马泽平老师，因为他的帮助，这本诗集才得以正式出版。也由衷感谢诗人飞白老师为我的诗集《匡冲诗篇》作序，字字珠玑，令人动容。他在序中写道："陈果儿是一位会用中国传统气质书写新乡愁色调的现代诗人。"感谢老师的鼓励和肯定，以及对我日后诗歌的转型和突破寄予了更高的期待。

同时还要感谢中国美术家协会的金寨著名画家李胜老师为诗集创作精美版画插图。

最后感谢所有对我帮助的老师们和朋友人们。让我们用诗歌的光芒彼此照亮，相互温暖。

泰戈尔说过："离你越近的地方，路途越远；最简单的音调，需要最艰苦的练习。"——泰戈尔《吉檀迦利》

追求梦想的路，充满艰辛与挑战，需要付出更多的努力。在诗歌的道路上我才刚刚出发，还没有寻找到通往诗歌大门的钥匙，但是我坚信只要我坚持下去，总会慢慢靠近。

陈果儿

2024/10/10 于六安